WITHDRAWN

La pasión tenía un precio
Sandra Marton

Editado por HARLEQUIN IBÉRICA, S.A.
Núñez de Balboa, 56
28001 Madrid

I.S.B.N.: 978-84-9000-409-8
Depósito legal: B-19801-2011
Editor responsable: Luis Pugni
Preimpresión y fotomecánica: M.T. Color & Diseño, S.L.
C/ Colquide, 6 portal 2 - 3º H. 28230 Las Rozas (Madrid)
Impresión en Black print CPI (Barcelona)
Fecha impresion para Argentina: 16.1.12
Distribuidor exclusivo para España: LOGISTA
Distribuidor para México: CODIPLYRSA
Distribuidores para Argentina: interior, BERTRAN, S.A.C. Vélez
Sársfield, 1950. Cap. Fed./ Buenos Aires y Gran Buenos Aires,
VACCARO SÁNCHEZ y Cía, S.A.
Distribuidor para Chile: DISTRIBUIDORA ALFA, S.A.

Capítulo 1

LUCAS Vieira estaba furioso.

El día no había ido bien. Aunque eso era quedarse corto: había sido un caos. Y ahora se estaba convirtiendo a toda velocidad en una catástrofe.

Había empezado con una taza de café quemado. Lucas no sabía siquiera que algo así pudiera existir hasta que su asistente provisional le preparó algo negro, caliente y aceitoso y le sirvió una taza.

Le dio un sorbo y lo apartó a un lado, abrió el teléfono móvil para ver si tenía mensajes y se encontró con uno del mismo periodista idiota que llevaba intentando entrevistarle desde hacía dos semanas. ¿Cómo había conseguido aquel hombre su número? Era privado, como el resto de su vida.

Lucas valoraba mucho su intimidad. Evitaba a la prensa. Viajaba en avión privado. A su ático de la Quinta Avenida sólo se podía acceder en ascensor privado. Su casa en el mar, en los Hamptons, estaba vallada; la isla del caribe que había comprado el año pasado estaba plagada de carteles de «No pasar».

Lucas Vieira, un hombre misterioso, le había calificado una publicación. No era exacto del todo. Había ocasiones en las que no podía evitar las cámaras, los micrófonos y las preguntas. Era multimillonario, y eso despertaba interés.

También era un hombre que había llegado a lo más

alto de una profesión en la que el linaje y la procedencia significaban mucho.

Y él no tenía ninguna de las dos cosas.

O sí, pero no del tipo que se llevaba en Wall Street. Ni tampoco Lucas quería hablar de eso. Las únicas preguntas que llegaba a considerar eran las que se referían a la cara pública de la financiera Vieira, cómo había llegado a convertirse en una empresa tan poderosa, cómo Lucas había alcanzado tanto éxito a la edad de treinta y tres años...

Estaba cansado de que le preguntaran, así que finalmente había ofrecido una respuesta en una reciente entrevista.

—El éxito —había dicho con firmeza—, es cuando la preparación se encuentra con la oportunidad.

—¿Eso es todo? —había preguntado el entrevistador.

—Eso es todo —había contestado Lucas.

Entonces se había quitado el minúsculo micrófono de la solapa, se había puesto de pie, y había salido del estudio pasando por delante de las cámaras.

Lo que no había añadido había sido que para llegar a aquel punto, un hombre no podía permitir que nada, absolutamente nada, se interpusiera en su camino.

Lucas frunció el ceño, apartó la silla de cuero del enorme escritorio de madera de palosanto y miró sin ver a través de la pared de cristal que daba al centro de Manhattan.

Volvió a centrarse en el presente, y en cómo diablos iba a mantenerse firme ahora a aquella premisa.

Tenía que haber una manera.

Había aprendido la importancia de no permitir que nada se interpusiera entre un hombre y su objetivo años atrás, cuando era un niño de siete años, un *menino da rua* sucio y hambriento que vivía en las calles de Río de Janeiro. Robaba carteras a los turistas, comía de las basuras de los restaurantes, dormía en los callejones y en los parques, aunque en realidad uno no puede dormir demasiado cuando tiene que estar alerta a cada sonido y a cada paso.

Antes de eso, lo único que tenía era a su madre. Y entonces, una noche, un hombre al que ella había llevado a su chabola miró a Lucas, que trataba de hacerse invisible en una de las esquinas de la chabola, y dijo que no pensaba pagar por acostarse con una prostituta con su hijo mirando.

Al día siguiente, la madre de Lucas le llevó a las sucias calles de Copacabana, le dijo que fuera un niño bueno y lo dejó allí.

No volvió a verla nunca más.

Lucas aprendió a sobrevivir. A moverse continuamente, a correr cuando aparecía la policía. Pero una noche, Lucas no pudo correr. Estaba medio enfermo, delirante de fiebre, deshidratado tras haber vomitado lo poco que tenía en el estómago.

Estaba condenado.

Pero en realidad no lo estaba.

Aquella noche su vida cambió para siempre.

Con la policía iba aquel día una trabajadora social a la que le gustaba su trabajo. Se lo llevó a una sede que albergaba a una de las pocas organizaciones que veían a los niños de la calle como seres humanos. Allí le atiborraron de antibióticos y zumo de frutas, y cuando fue capaz de comer, le dieron alimentos. Le bañaron, le cortaron el pelo, le vistieron con ropa que le quedaba grande, pero eso no importaba.

Lucas no era ningún estúpido. De hecho, era muy inteligente. Había aprendido él solo a leer y a hacer cuentas. Ahora devoraba los libros que le dejaban, ob-

servaba cómo se comportaban los demás, aprendió a
hablar apropiadamente, a recordar que debía lavarse las
manos y los dientes, a dar las gracias y pedir las cosas
por favor.

Y aprendió a sonreír.

Eso fue lo más duro. Sonreír no formaba parte de
quién era, pero lo hizo.

Pasaron las semanas, los meses, y entonces sucedió
otro milagro. Una pareja norteamericana se pasó por
ahí, hablaron con él un rato, y lo siguiente que supo fue
que se lo iban a llevar a un sitio llamado Nueva Jersey
y que ahora era su hijo.

Tendría que haber supuesto que no duraría.

Lucas tenía ahora muy bien aspecto. Pelo negro,
ojos verdes, piel dorada. Olía bien. Hablaba bien. Sin
embargo, en su interior, el niño que no confiaba en nadie estaba a la defensiva. Odiaba que le dijeran lo que
tenía que hacer, y la pareja de Nueva Jersey creía que
los niños debían hacer lo que se les ordenara cada mi-
nuto y cada hora del día.

Las cosas se deterioraron rápidamente.

Su padre adoptivo decía que no era agradecido, y
trató de inculcarle la gratitud a golpes. Su madre adop-
tiva decía que estaba poseído por el demonio, y le exi-
gía que pidiera misericordia de rodillas.

Finalmente dijeron que nunca lograrían nada de él.
Cuando cumplió diez años, le llevaron a un enorme
edificio gris y lo entregaron a Servicios Sociales.

Lucas se pasó los siguientes ocho años yendo de
una casa de acogida a otra. Dos o tres estuvieron bien,
pero el resto… incluso ahora, siendo un adulto, apreta-
ba los puños cuando recordaba algunas cosas por las
que él y otros habían tenido que pasar. El último sitio
fue tan horrible que la medianoche del día que cumplió

dieciocho años metió las pocas cosas que tenía en una bolsa, se la echó al hombro y se marchó de allí.

Pero había aprendido la que sería la lección más importante de su vida.

Sabía exactamente lo que quería. Respeto. Eso era todo, en una palabra. Y también sabía que el respeto llegaba cuando un hombre tenía poder. Y dinero. Él quería las dos cosas.

Trabajó duramente, recogió cosechas en los campos de Nueva Jersey durante el verano, hizo todo los trabajos manuales que pudo encontrar durante el invierno. Consiguió el diploma de graduado escolar porque nunca había dejado de leer, y la lectura llevaba al conocimiento. Entró en una universidad pública, asistió a clase cuando estaba agotado y muerto de sueño. Si a aquello se le añadían unos modales aceptables, ropa que cubría el cuerpo musculoso y esbelto del hombre en el que se había convertido, el camino a la cima parecía de pronto posible.

Más que posible. Era factible.

A la edad de treinta y tres años, Lucas Vieira lo tenía todo.

O casi, pensó con ironía en aquel día que había empezado con un mal café y una secretaria inepta. Y no podía culpar a nadie más que a sí mismo.

Sintió un arrebato de ira al ponerse de pie y recorrer su enorme despacho.

Aquel repentino ataque de furia era una mala señal. Aprender a contener las emociones era también necesario para conseguir el éxito. Pero no era tan malo como el hecho de no haber captado que su actual amante estaba viendo de forma poco realística lo que ella llamaba «la relación».

Para Lucas no había sido más que una aventura.

Pero fuera lo que fuera, ahora estaba al borde del desastre. Iba a perder la oportunidad de comprar la empresa de Leonid Rostov, valorada en veinte mil millones de dólares. Todo el mundo quería los activos de Rostov, pero Lucas más que nadie. Añadirlos a su formidable imperio haría que compensara lo mucho que había trabajado para convertirse en quien era.

Unos meses atrás, cuando corrió el rumor de que Rostov quería vender y que iba a ir a Nueva York, Lucas asumió un riesgo. No le envió a Rostov cartas ni propuestas. No lo llamó por teléfono a su oficina de Moscú. Lo que hizo fue enviarle una caja de puros habanos, porque el ruso salía en todas las fotos con un cigarro puro en la boca. Y una tarjeta de visita, en cuyo anverso había escrito: *Cena en el hotel Palace de Nueva York el próximo sábado a las ocho.*

Rostov había mordido el anzuelo.

Disfrutaron de una agradable cena en un reservado. No hablaron de negocios. Lucas sabía que Rostov le estaba poniendo a prueba. El ruso comía y bebía abundantemente. Lucas comía poco y hacía que las copas le duraran mucho. Al final de la noche, Rostov le dio una palmada en la espalda y le invitó a Moscú.

Ahora, tras interminables viajes de ida y vuelta y arduas negociaciones a través de traductores, ya que Rostov apenas hablaba inglés, el ruso estaba otra vez en Nueva York.

–Comeremos juntos una vez más, Lucas, con una botella de vodka, y luego te convertiré en un hombre feliz.

Sólo había un problema. Rostov iba a llevar a su esposa. Ilana Rostov se había unido a ellos la última vez que Lucas estuvo en Moscú. Tenía un rostro bello aunque quirúrgicamente alterado. Se movía en medio de una nube de perfume y de los lóbulos de las orejas le colgaban unos pendientes de diamantes que parecían lámparas de araña del teatro Bolshoi. Hablaba inglés con fluidez y aquella noche había hecho de traductora para su marido.

Y también le había puesto la mano a Lucas en el regazo bajo el dobladillo del mantel.

Lucas se las había arreglado sin saber cómo para superar la cena. El traductor que él había contratado para aquella noche no se dio cuenta de nada, y Rostov tampoco.

Y el ruso iba a volver a llevar a su mujer aquella noche.

—Nada de traductores —aseguró con firmeza—. Los traductores son funcionarios. Pero por supuesto, puedes llevar a una mujer. Aunque mi Ilana se ocupará de ti tan bien como de mí.

Lucas estuvo a punto de reírse, porque tenía un as en la manga.

Se llamaba Elin Jansson. Elin, que había nacido en Finlandia, hablaba ruso con fluidez. Era modelo; era la actual amante de Lucas. Y le serviría de protección contra Ilana Rostov.

Lucas gimió, se acercó a la pared de cristal que había detrás del escritorio y apoyó la frente contra el frío vidrio.

Todo parecía muy sencillo. Tendría que haberlo imaginado. La vida no era nunca sencilla.

—¿Señor Vieira?

Lucas se dio la vuelta. Su asistente temporal sonrió nerviosa desde el umbral. Era joven y hacía un café horrible, pero lo peor de todo era que, dijera él lo que dijera para que se sintiera cómoda, seguía aterrorizada por él. Ahora mismo parecía como si deseara que se la tragara la tierra. Y no era de extrañar. Lucas había dado órdenes precisas de que no se le molestara.

–¿Qué ocurre, Denise?

–Me llamo Elise, señor –la joven tragó saliva–. He llamado pero usted no… –volvió a tragar saliva–. Ha llamado el señor Rostov. Le dije que estaba ocupado, tal y como usted me pidió. Y me dijo que le avisara de que la señora Rostov y él podrían retrasarse unos minutos y…

No siguió hablando.

–Ya me lo has dicho –murmuró Lucas crispado–. ¿Algo más?

–Yo sólo… me preguntaba si debería llamar al restaurante y… avisar de que sólo serán tres para cenar.

Aquello iba de mal en peor. ¿Acaso sabía el mundo entero lo que había ocurrido?

–¿Te he pedido que lo hagas?

–No, señor, yo sólo pensé que…

–No pienses. Limítate a hacer lo que te digo.

A la joven se le desencajó completamente el rostro. Diablos, menos mal que iba a controlar sus emociones.

–Siento haberte hablado así, Denise.

–Me llamo Elise –repitió ella con voz temblorosa–. Y no tiene que disculparse, señor. Yo sólo… quiero decir, sé que está usted triste.

–No lo estoy –aseguró Lucas forzando una sonrisa, como cuando era niño–. ¿Por qué iba a estarlo?

–Bueno, la señorita Jansson… cuando estuvo aquí hace un rato –volvió a tragar saliva–, el señor Gordon estaba en mi escritorio. No pudimos evitar oírlo. No pude evitar que la señorita Jansson pasara por delante de mí y luego, cuando entró en su despacho…

–Así que tenía público –murmuró Lucas entre dientes–. ¿Y qué hay de los trabajadores de las otras plantas? ¿También estaban escuchando?

–No lo sé, señor Vieira. Puedo preguntarlo, si es eso lo que…

–Lo que quiero –la interrumpió él–, es que no vuelvas a mencionar este asunto nunca más. Ni conmigo ni con nadie, ¿está claro?

La joven asintió.

Lucas se dijo que le subiría el sueldo a su secretaria habitual cuando regresara de vacaciones si le juraba que no volvería a dejar su puesto bajo ninguna circunstancia.

–Sí, señor. Y quiero que sepa cuánto lamento que usted y la señorita Jansson…

–Vuelve a tu escritorio –le espetó él–. Y no vuelvas a interrumpirme si no quieres acabar en Recursos Humanos cobrando el finiquito, ¿lo has entendido?

Al parecer. Denise, Elise o como diablos se llamara, se fue y cerró la puerta tras ella. Lucas se dejó caer entonces en la silla, echó la cabeza hacia atrás y se quedó mirando al techo.

Maravilloso. En un par de horas iba a encontrarse con un hombre que hablaba poco inglés y con una mujer que sólo quería coquetear con él. No tenía traductor, y ahora su vida privada era tema de discusión entre sus empleados.

¿Y por qué no iba a serlo? Elin había montado toda una escena, exigiendo saber quién era aquella «rubia tonta» mientras arrojaba una foto sobre su escritorio. Había aparecido en Internet, en alguna página de cotilleos, le dijo. A Lucas le bastó una mirada para ver que se trataba de un milagro del photoshop, pero estaba tan bien hecho que la «rubia tonta» parecía estar encima de él.

Lucas alzó la vista sonriendo para decirle exactamente eso a Elin. Pero entonces vio sus ojos fríos, la línea dura de la boca, y de pronto los detalles nimios cobraron importancia.

La bolsa de maquillaje de Elin, que había dejado en un cajón de la cómoda. Los vaqueros, la camiseta y las zapatillas deportivas que había en el armario. Para poder volver a las siete de la mañana a su casa en taxi sin levantar sospechas, le había dicho en un ronroneo.

«Qué estúpido soy», se dijo Lucas. A Elin no le importaba el qué dirán. Además, la mitad de las mujeres de Manhattan se subían a taxis a primera hora de la mañana vestidas con la misma ropa que la noche anterior.

Y tal vez la parte más obvia de aquella mentira era que podía contar con los dedos de una mano el número de veces que Elin o cualquier otra mujer había dormido en su cama la noche entera.

Lucas no era partidario de eso. El sexo era sexo, y el sueño, sueño. Una cosa se hacía con una mujer, y la otra, solo.

–¿Te parece divertido haberme engañado? –Elin se había puesto en jarras–. Estoy esperando una explicación.

Lucas se puso de pie. Elin era alta, pero él, con su metro noventa, la sobrepasaba con creces.

–Yo no engaño –dijo con frialdad–. Y yo no doy explicaciones. Ni a ti ni a nadie.

Ella se había quedado muy quieta, lo que para Lucas supuso un avance. Y entonces le explicó con calma cómo eran las cosas entre ellos. Estaban disfrutando de una aventura, pero nada más.

Elin le había gritado algo en finlandés. Algo que sin duda no era un cumplido. Y un segundo más tarde, se había marchado.

No pasaba nada, se dijo Lucas. De hecho hacía ya tiempo que tendrían que haberse dicho adiós. Pero entonces se impuso la realidad.

La cena. Leonis Rostov. Su esposa. Durante un instante, Lucas pensó en ir tras Elin y preguntarle si eso significaba que no iba a ir a cenar con él aquella noche…

Se dirigió hacia el armarito de madera de palosanto que había al otro lado del despacho, lo abrió y sacó una copa de balón y una botella de whisky escocés de malta.

Todo era culpa suya. Tendría que haber evitado mezclar los negocios con el placer, pero en su momento le pareció perfecto. Una mujer bella y sofisticada que sabría qué tenedor utilizar mientras traducía del ruso al inglés y del inglés al ruso. ¿Dónde diablos podría encontrar a una mujer así a aquellas horas de la noche?

–Se… señor Vieira.

–Maldición –murmuró Lucas dirigiéndose hacia la puerta.

Su asistente estaba temblando. A su lado, maldita sea, se encontraba Jack Gordon. Lucas le había contratado hacía un año. Gordon era brillante e innovador. Sin embargo, Lucas se preguntaba a veces si no había en Gordon algo más de lo que se veía a simple vista.

O tal vez menos.

Lucas giró la cabeza. Denise–Elise dio un paso atrás y cerró la puerta. Lucas miró con frialdad a Gordon.

–Más vale que esto sea bueno.

Gordon palideció, pero se mantuvo firme. Lucas no pudo evitar admirarlo por ello.

–Señor, creo que cuando escuche lo que tengo que decir…

–Dilo y luego sal de aquí.

Gordon aspiró con fuerza el aire.

–Esto no es fácil –volvió a tomar aire–. Sé lo que ha ocurrido entre usted y la señorita Jansson. Pero un momento, no estoy aquí para hablar de eso.

–Más te vale.

–Se suponía que ella iba a ir con usted esta noche. A esa reunión –se apresuró a explicarse Gordon–. El lunes por la mañana mencionó que Rostov no quería traductores profesionales, así que él hablaría con usted a través de su mujer y…

–Ve al grano.

–Conozco a alguien que habla ruso con fluidez.

–Tal vez no escuchaste bien todo lo que dije el lunes –aseguró Lucas con fría precisión–. Rostov no quiere que haya ningún funcionario presente esta noche. Así es como considera él a los traductores oficiales.

–Dani puede fingir que es su pareja.

Lucas torció el gesto.

–No creo que consiga hacerle creer al ruso que de pronto me gustan los hombres.

–Dani es una mujer, señor. Una mujer preciosa. Y también es inteligente. Y habla ruso.

Lucas sintió una punzada de esperanza. Pero entonces se enfrentó a la realidad. ¿Una mujer a la que no conocía para una velada tan importante como aquélla? De ninguna manera.

–Olvídalo.

–Podría funcionar, señor.

Lucas sacudió la cabeza.

–Es un acuerdo de veinte mil millones de dólares, Jack. No puedo arriesgarme a que esta mujer lo ponga en peligro.

Gordon se rió. Lucas entornó los ojos.

–¿He dicho algo gracioso?

–No, no, por supuesto que no. Conozco a Dani desde hace años. Es exactamente lo que necesita para esta situación.

–Y si estuviera lo suficientemente loco para decir que sí, ¿por qué razón lo haría ella?

–Porque somos viejos amigos. Lo haría como un favor.

Lucas apretó las mandíbulas. ¿Un acuerdo de veinte mil millones de dólares que dependía de un hombre que bebía demasiado vodka, una mujer que tenía las manos más largas que un pulpo y de otra mujer a la que no conocía?

Imposible. E imposible dejarlo pasar.

–De acuerdo –dijo bruscamente–. Llámala. Dile a…

–Dani. Dani Sinclair.

–Dani. Dile que la recogeré a las siete y media. ¿Dónde vive?

–Ella se reunirá con usted –se apresuró a decir Jack.

–En el vestíbulo del Palace. A las ocho en punto. No, que sea a menos diez –así tendría tiempo para pagar el taxi de la señorita Sinclair y librarse de ella si resultaba no ser adecuada para el trabajo.

–Dile que se vista de manera apropiada –se detuvo un instante–. Puede hacerlo, ¿verdad?

–Irá vestida de manera adecuada, señor.

–Y por supuesto, déjale claro que le pagaré por su tiempo. Digamos mil dólares por toda la velada.

Se dio cuenta de que Gordon contenía otra vez una carcajada. Lucas pensó con frialdad que si aquello no funcionaba, le despediría con cajas destempladas.

–Muy bien, señor –Gordon extendió la mano–. Buena suerte.

Lucas miró hacia la mano extendida, reprimió una

sensación de repugnancia que sabía que era absurda y aceptó el apretón de manos.

Jack Gordon regresó a toda prisa a su propio despacho antes de sacar el móvil y marcar un número.

–Dani, cariño, tengo un trabajo para ti.

Se lo explicó lo más rápidamente posibles. Dani Sinclair no era de las que hablaban mucho, pero tampoco los hombres le pagaban por ello. Cuando hubo terminado la escuchó suspirar.

–A ver si lo he entendido. Dices que un tipo…

–No es un tipo cualquiera, cariño. Es Lucas Vieira. Tiene más dinero que nadie.

–¿Le has dicho que tendré una cita con él?

–Sí, pero no ese tipo de cita. Esto es una cena con Vieira, un tipo ruso y su mujer. Tienes que actuar como si Vieira y tú tuvierais algo. Y tienes que traducir –Jack se rió suavemente–. Supongo que sacarse ese título en lenguas cirílicas fue una buena idea después de todo.

–Estoy estudiando el postgrado –aseguró Dani–. Una chica tiene que pensar en su futuro –guardó silencio un instante–. ¿Cuánto has dicho que me va a pagar?

–Mil dólares.

Ella se rió.

–¿Has olvidado cuál es mi tarifa, Jack? Son diez mil por noche. Pero te haré un descuento especial. Cinco mil.

–Cielos, ¿por una cena?

–Y por supuesto, mi tarifa habitual si tu señor Vieira quiere algo más.

Jack Gordon se rascó la cabeza.

–Si quiere algo más puedes negociar directamente tú la tarifa.

Dani se rió entre dientes.

–Jack, eres un zorro. No le has dicho lo que soy. ¿Quieres que le dé un patatús?

–Quiero que me deba una –aseguró Jack Gordon con tono súbitamente frío–. Y así será, salgan como salgan las cosas.

–Estupendo. De acuerdo. Entonces, ¿cuándo va a ser esto?

–Creí que te lo había dicho. Esta noche. En el vestíbulo del Palace. Diez minutos antes de las ocho.

–Oh, pero yo…

Dani guardó silencio. Estaba muy bien cenar en un sitio increíble, hablar un poco de ruso y fingir que era la pareja de Lucas Vieira, el tipo duro, sexy y atractivo de Wall Street. Y mejor todavía si al final de la cena quería prolongar la velada.

Resultaba muy tentador. Si es que podía hacerlo. El problema era que ya tenía una cita aquella noche con un magnate del petróleo texano que venía a la ciudad una vez al mes como un reloj. Tenía que haber una manera de…

–¿Dani?

Y la había. Podía conseguir cuatrocientos cincuenta sin hacer nada más que una llamada telefónica.

–Sí –dijo bruscamente–. Muy bien. En el vestíbulo del Palace a las ocho menos diez.

Colgó, buscó en la agenda del móvil y marcó un botón. Una voz femenina respondió al tercer timbre. Parecía tener prisa.

–¿Caroline? Soy Dani, la del seminario de Chejov. Escucha, tengo un trabajo de traducción para el que no tengo tiempo y he pensado al instante en ti.

Caroline Hamilton utilizó la cadera para cerrar la puerta de la cocina y se sujetó el móvil entre la oreja y el hombro. Dejó las bolsas de la compra para poder liberar una mano y cerrar los tres pestillos de la puerta.

¿Dani del seminario de Chejov? Caroline trató de recordarla mientras recorría los dos metros cuadrados que su casero insistía en llamar cocina. De acuerdo, Dani, una compañera del master de estudios rusos y eslavos. Alta, impresionante y vestida a la última moda. Nunca se habían dirigido la palabra más que para decirse «hola» y darse los teléfonos por si necesitaban intercambiar apuntes en alguna ocasión.

—¿Un trabajo de traducción, dices? —preguntó Caroline.

—Así es. Uno poco habitual. Implica cena.

A Caroline le rugió el estómago. No había comido. No tenía tiempo ni mucho menos dinero.

—Como supuesta novia de un tipo rico.

—¿Cómo?

—Como te he dicho, es una cena. Te encuentras en el vestíbulo del hotel Palace con este guapísimo hombre de negocios y finges ser su novia. Hay otra pareja y ellos son rusos. Tu novio no habla ruso, así que tú le haces de traductora.

Caroline se quitó la chaqueta, se apartó la lisa melena de la cara y abrió mucho sus ojos de gacela.

—Gracias, pero paso. Suena muy, muy raro.

—Cien dólares.

—Dani, yo…

—Doscientos. Y la cena. Luego se acabó la noche y te vuelves a casa con doscientos dólares en el bolsillo de los vaqueros. Aunque por supuesto, no puedes llevar vaqueros —se apresuró a aclarar.

—Pues no hay nada más que decir, porque yo desde luego no tengo…

—Yo tengo una talla treinta y seis. ¿Tú?

–También, pero…

–Y treinta y siete de zapatos, ¿verdad?

Caroline se dejó caer sobre el taburete de madera de la cocina.

–Sí. Pero sinceramente…

–Trescientos –la interrumpió Dani–. Y voy de camino. Vestido, zapatos y maquillaje. Va a ser muy divertido.

En lo único en que Caroline podía pensar era en los trescientos dólares. No hacía falta ser lingüista para traducirlo en un buen pedazo del alquiler del próximo mes.

–Necesito tu dirección, Caroline. Se nos acaba el tiempo.

Caroline se la dio. Se dijo que debía ignorar el escalofrío que le recorrió la espina dorsal. Y volvió a decírselo dos horas más tarde, cuando Dani la giró hacia el espejo y vio a…

–Cenicienta –dijo Dani riéndose ante la expresión de asombro de Caroline–. Oye, una última cosa, ¿de acuerdo? Deja que el tipo piense que eres yo. Verás, el amigo que me ha buscado esto cree que soy yo la que va a hacer el trabajo, y será más fácil para todos si lo dejamos así.

Caroline volvió a mirar su reflejo. El acondicionador de cincuenta dólares de Dani había hecho que su pálida melena adquiriera un brillo dorado. Los ojos le brillaban gracias a la sombra dorada que se había aplicado en los párpados. Tenía los pómulos y la boca de un delicado rosa, y el vestido era casi transparente, de color negro, y mostraba más pierna de la que ella había enseñado nunca sin estar en bañador o en pantalones cortos. En los pies llevaba puestas unas sandalias doradas con un tacón tan alto que se preguntó si sería capaz de caminar con ellas.

Ya no parecía ella misma, y eso la aterrorizaba.

–Dani, yo no… no puedo…

–Vas a encontrarte con él dentro de media hora.

–No, de verdad, esto no está bien. Mentir, fingir que soy tú, que soy la novia de ese tal Luke Vieira…

–Lucas –la atajó Dani con impaciencia–. De acuerdo. Quinientos.

Caroline se la quedó mirando fijamente.

–¿Quinientos dólares?

–Se nos acaba el tiempo. Dime sí o no.

Caroline tragó saliva. Y dijo lo único que podía decir.

–Sí.

Capítulo 2

LUCAS volvió a casa, se duchó y se cambió de ropa. Camisa blanca, corbata azul y traje gris. Desenfadado y al mismo tiempo formal. Ahora lo único que tenía que hacer era calmarse.

El hotel estaba entre la Quince y Madison y el vivía en la Quinta Avenida, a sólo un par de manzanas. No le hacía falta llevar coche. Como cualquier neoyorquino, sabía que la mejor manera de cubrir aquella distancia era caminando.

Además, andar le daría tiempo para calmar su furia. Estaba que echaba humo, pero sólo él era responsable del lío en el que estaba metido. Había cometido un error al no darse cuenta de que Elin estaba intentando que su aventura fuera más lejos.

El elegante vestíbulo del Palace estaba abarrotado. Lucas encontró un lugar relativamente despejado que le ofrecía una buena vista de la entrada y luego consultó su reloj. Eran las siete cuarenta y cinco. Por si Dani Sinclair había llegado antes, miró a su alrededor en busca de la mujer de veintimuchos años, alta y de cabello castaño que le había descrito Jack Gordon.

–No se le pasará por alto su cuerpo –le había dicho a Lucas por teléfono hacía una hora cuando lo llamó para darle una descripción–. Una auténtica muñeca. Hecha para la acción, usted ya me entiende.

Lucas apretó los labios. No le gustaba el tono cada

vez más zalamero de Gordon, y no tenía interés en saber si conocía íntimamente a aquella mujer. Siempre y cuando tuviera un aspecto presentable, pasara por su pareja y hablara ruso, se daba por satisfecho.

Había muchas mujeres en el vestíbulo. Algunas casaban con la descripción de Gordon, pero ninguna estaba sola. Lucas frunció el ceño y volvió a consultar su reloj. Habían pasado cuatro minutos.

A las ocho menos cinco, Lucas sintió cómo se le tensaban los músculos de la mandíbula. Sí, Rostov había dicho que su esposa y él llegarían tarde, pero si esa tal Sinclair no aparecía pronto…

Una mujer entró en el vestíbulo. Estaba sola. Lucas sintió una punzada de esperanza hasta que se dio cuenta de que no podía ser la mujer que estaba esperando. No había nada en ella que casara con la descripción de Gordon.

Tenía el cabello dorado, no castaño. No podía distinguir desde allí el color de sus ojos, pero sí que tenían forma felina. El rostro era ovalado y la boca de un suave rosa.

Incluso en la distancia se veía que era impresionante.

Lucas torció el gesto. Estaba allí para cerrar un importante trato de negocios. Además, pasaría algún tiempo antes de que deseara volver a estar con una mujer. El asunto de Elin le había dejado un mal sabor de boca.

Alzó la vista, miró de nuevo a la mujer a la cara… y vio que ella lo estaba mirando. Sus miradas se cruzaron durante un instante, y Lucas sintió algo parecido a un nudo en el estómago. Dio un paso adelante… y entonces la mujer apartó la vista.

Lucas se pasó la mano por el pelo y volvió a mirar la hora. Eran las ocho menos cinco pasadas. Podía llamar a la suite de Rostov, fingir una enfermedad repentina. No. Eso era el camino fácil. Además, él quería dejar las cosas arregladas aquella noche. Su única opción era seguir con la cena, dejar que Ilana Rostov hiciera de traductora, tratar de ignorar su mano en el regazo y…

–Disculpe, señor…

–¿Sí? –gruñó Lucas dándose la vuelta al sentir una mano en el brazo.

Entonces vio a la rubia de ojos de gata mirándolo. Tan de cerca descubrió que tenía los ojos color avellana y que era todavía más adorable de lo que le había parecido en un principio.

Era una mujer al acecho. Había muchas como ella en Nueva York, pero no estaba interesado. Nunca había pagado por tener relaciones sexuales y nunca lo haría.

–Yo… me preguntaba si usted… si usted…

–No.

Ella dio un respingo y palideció. Lucas sintió una punzada de culpabilidad.

–Mire, es usted una mujer muy guapa –dijo–. Me halaga que quiera tomar una copa conmigo, o cenar, o lo que sea…

–No –le interrumpió ella–. No es eso lo que…

–He quedado con alguien. Un asunto de negocios. Su tiempo se ha terminado, ¿de acuerdo?

Aquellos ojos color avellana lo miraron con frialdad.

–Tiene usted una interesante opinión de sí mismo, señor.

Lucas alzó las cejas.

–Eh, yo no soy quien ha…

–No estoy interesada en una copa. Ni en una cena –la mujer se puso muy recta–. De hecho preferiría tomar algo con Bob Esponja que con alguien tan maleducado y ególatra como usted.

Lucas parpadeó y se rió a pesar suyo.

–Tiene usted razón. Le debo una disculpa. Estoy de mal humor, pero no tengo por qué pagarlo con usted. ¿Hacemos una tregua? –le preguntó tendiéndole la mano.

Ella vaciló. Luego sus labios se curvaron en una sonrisa. Le estrechó la mano y Lucas sintió algo parecido a una descarga eléctrica.

–Tregua.

–Bien –él le sonrió–. Mire, de verdad que éste es un mal momento. ¿Por qué no le dejo mi teléfono? Llámeme mañana. O mejor todavía, déjeme su número y…

La rubia retiró la mano.

–No lo entiende –su voz volvía a ser fría–. No estoy tratando de… ligar con usted. Se supone que tengo que encontrarme aquí con un hombre. Un asunto de negocios, igual que usted.

Lucas entornó los ojos.

–¿Y qué aspecto tiene ese hombre?

–Ése es el problema. No lo conozco. Pero estoy segura de que es de mediana edad. Y seguramente sea feo. Y… ¿por qué me mira así?

–¿Cómo se llama ese tipo?

–No creo que eso sea asunto suyo –contestó la rubia alzando la barbilla.

–¿Es por casualidad Lucas Vieira?

Ella abrió la boca.

–Oh, Dios mío –murmuró–. Oh, Dios mío…

–No me lo diga –dijo Lucas–. Usted no puede ser… ¿Dani Sinclair?

–Tiene usted razón –parecía que la mujer se fuera a desmayar–. No puedo serlo, pero lo soy.

¿Éste era Lucas Vieira? ¿Este tipo alto, moreno y absolutamente espectacular? Se había fijado en él al instante. Y no había sido la única. Todas las mujeres del vestíbulo le habían lanzado miradas más o menos discretas a aquel hombre tan guapo que estaba allí solo, mirando hacia la puerta como si esperara a alguien.

Caroline se dio cuenta entonces de que Lucas tenía los ojos clavados en ella. El corazón le latió con fuerza; sintió una oleada de calor en el pecho, en el vientre, en la sangre. Así se sentía desde que había salido de su apartamento, como si hubiera entrado en una realidad diferente al asumir la identidad de otra mujer, al ponerse su ropa, al quedar con un desconocido y fingir que era su novia…

—Tendrías que haber estado aquí hace veinte minutos —le espetó entonces él.

—Lo sé. Pero el tráfico…

—Hubiera querido tener tiempo para que nos conociéramos un poco.

Caroline ya le conocía un poco. No era rico, sino inmensamente rico. No era guapo, sino tremendamente guapo. Encantador cuando quería y frío cuando pensaba que lo necesitaba.

El tipo de hombre que le gustaba a su madre.

Aunque no tan rico, por supuesto. Pero sí con demasiado dinero, demasiado poder y demasiada arrogancia.

Caroline nunca lo había entendido. Su madre era muy inteligente, muy lógica para todo lo demás. Había que serlo para criar a una hija sin dinero y sin marido. Pero se enamoraba una y otra vez del mismo tipo de hombre. Lo único bueno era que Caroline había aprendido de sus errores. Evitaba a ese tipo de chicos en el instituto y en la universidad.

Entonces, ¿qué diablos estaba haciendo allí aquella noche? No podía seguir adelante con aquello. No podía fingir que era la novia de Lucas Vieira ni la novia de nadie en un ambiente así.

—Señor Vieira —dijo precipitadamente—, creo que he cometido un error.

—Estoy de acuerdo. Pero las personas con las que hemos quedado no han aparecido todavía, así que…

—No debería estar aquí. No soy… no lo voy a hacer bien.

—Lo harás estupendamente.

Había un tono desesperado en su voz. ¿Cómo podía estar desesperado un hombre así? Le bastaba con chasquear los dedos para que cualquiera de las mujeres que había allí acudiera corriendo. De acuerdo, necesitaba una traductora. Eso podía hacerlo, pero nunca podría fingir que tenía una relación con él.

—Puedo hacerle de traductora. Pero lo demás…

—Lo demás es la parte más importante.

Caroline frunció el ceño.

—No lo entiendo. ¿Por qué es importante que finja que soy su pareja para esta noche?

—No sólo eso —él apretó los labios—. Mi amante. Tenemos que dar una sensación de intimidad, Dani. ¿Lo entiendes?

Caroline parpadeó. De acuerdo, ése era su nombre aquella noche. Dani.

—Pero, ¿por qué? —preguntó vacilante—. Si esto es una cena de negocios…

Para su sorpresa, se le tiñeron las mejillas de color.

—El hombre con el que tengo que hacer negocios tiene una esposa. Es una mujer… muy segura de sí misma. Agresiva, digamos. Cuando quiere algo, va a por ello —su sonrojo se hizo más intenso.

—¿Va a por usted?

–Se puede decir que sí –reconoció Lucas–. Por eso cuento con tu presencia para evitarlo.

Caroline tragó saliva.

–Señor Vieira…

–Lucas.

–Lucas, yo no puedo… no hay forma de que yo…

–¡Maldición! –miró por detrás de ella. Su expresión pasó de dura a grave.

Caroline se puso tensa.

–¿Qué ocurre? –trató de mirar hacia atrás, pero él le puso la mano en el hombro para evitarlo.

–No. Sigue mirándome. Son los Rostov, la pareja con la que hemos quedado. Vienen hacia aquí.

–Esto no está bien, señor Vieira…

–Por el amor de Dios, llámame Lucas. ¡Lucas! Los amantes no se tratan de usted.

–Pero yo no soy tu amante, y no quiero que nadie piense que…

–¡Lucas!

Una mano regordeta le dio una palmada en el hombro. El dueño de la mano también era regordete, pensó Caroline. Tenía los ojos pequeños, la nariz grande y una sonrisa de oreja a oreja.

–Leo –le saludó Lucas–. Me alegro de volver a verte.

Leo Rostov dirigió la vista hacia Caroline.

–Ah, ésta es tu mujer

–No –contestó Caroline–. Yo soy…

–Sí –la atajó Lucas con una risotada que no tenía ninguna relación con la presión de sus dedos sobre su piel cuando la atrajo hacia sí agarrándola de la cintura–. Pero es una de esas mujeres liberadas, Leo, ya sabes. Se enfada cuando la llaman «mi mujer» –miró a Caroline–. ¿No es verdad, cariño?

¿Había una nota de desesperación en la voz de Lucas Vieira? ¿Un brillo de agobio en sus ojos verdes? Bien, él solito se había metido en esto.

—¡Lucas!

Una mujer salió de detrás de la abultada figura de Rostov. Bastó una mirada para que Caroline lo entendiera todo. Ilana Rostov era espectacular. Gran melena. Grandes diamantes. Y por el modo en que estaba mirando a Lucas, sin duda se trataba de una leona cazadora.

—Lucas, Oh, cariño. Qué maravilloso volver a verte.

—Ilana —Lucas apretó con más fuerza a Caroline contra sí—. Me gustaría presentarte a mi…

—Hola, ¿cómo estás? —dijo Ilana sin apartar los ojos de Lucas.

Sonriendo y batiendo las pestañas, se acercó a él y le rozó el torso con los senos.

—Un beso, cariño. Ya sabes que así es como los rusos saludamos a los viejos amigos —sonriendo, se puso de puntillas y le rodeó el cuello con los brazos.

Lucas reculó, pero dio lo mismo. No iba a detenerse ante nada. O sí, pensó Caroline. Su tacón de aguja dorado clavándose en el pie de Ilana.

La rusa gritó y dio un paso atrás. Caroline le dirigió una mirada de perversa inocencia.

—Dios mío, ¿te he pisado? ¡Cuánto lo siento! —Caroline ocupó el lugar que Ilana había dejado libre y la miró.

La expresión de su rostro valía oro; tuvo que hacer un gran esfuerzo para no echarse a reír.

—Lucas, cielo, estoy encantada de conocer a tus amigos, pero, ¿qué hay de la cena? —sin dejar de sonreír, se acercó todavía más a él—. Estoy muerta de hambre, cariño.

Caroline observó cómo una miríada de emociones le cruzaba el rostro cuando la sorpresa dio paso a la alegría… y luego a algo más oscuro y mucho más peligroso. Lucas la abrazó. Ella le puso las manos sobre el pecho y sintió el fuerte latido de su corazón.

–Sí –dijo él–. Yo también.

No estaba hablando de comida. Caroline sintió que el corazón le daba un vuelco. ¿En qué momento se había hecho Lucas con el control del juego?

–Señor Vieira –dijo ella–. Quiero decir, Lucas…

Él se rió, inclinó la cabeza y tomó posesión de su boca de forma apasionada.

Capítulo 3

EL pequeño desliz de Dani llamándolo «señor Vieira» podría haber sido el final para Lucas.

Ésa era la razón por la que la había besado. La única razón. Para convencer a los Rostov de que tenía una relación íntima con la mujer que estaba entre sus brazos.

¿Por qué otra razón iba a haberla besado? No la conocía, ni ella a él. No tenía ningún deseo de conocerla; había renunciado a las mujeres durante un tiempo.

Pero la mujer tenía los labios de seda. Y sabía a menta. Entonces dejó de pensar.

Todo lo que había a su alrededor desapareció. El ruido. La gente. Los Rostov. Era como si todos y cada uno de sus sentidos estuvieran únicamente concentrados en la mujer que tenía en brazos.

La estrechó más contra sí. Deslizó una mano hacia la base de su espina dorsal y la levantó ligeramente, lo justo para apreciar los contornos de su cuerpo mientras le cubría el rostro con la otra mano.

Sintió la suave presión de sus senos contra su pecho. El delicado arco de su pómulo bajo los dedos. Sintió cómo se ponía duro como el granito.

Le abrió los labios con los suyos. Ella emitió un gemido y Lucas pensó: «Eso es, bésame tú también». Y durante un instante la joven lo hizo. Luego se puso tensa. Iba a apartarse.

Lucas se dijo con admirable lógica que no podía

permitirlo. Si eran amantes, tenía que recibir de buena gana sus besos en cualquier momento y circunstancia, no sólo en la cama.

Lo que le llevó a imaginársela en la cama con el dorado cabello alborotado sobre la almohada y los ojos ardientes por el deseo mientras entraba en ella…

Dani le clavó los dientes en el labio.

—¡Dios! —Lucas se echó hacia atrás. Se tocó con un dedo. No había sangre, sólo furia. Rostov soltó una carcajada. Ilana subió las cejas hasta el nacimiento del pelo. Y Dani… Dani parecía a punto de echar a correr de allí. Maldición, no podía permitir que eso sucediera.

La vida le había enseñado muchas cosas a Lucas. Recuperación rápida. Control. Necesitaba poner todo aquello en práctica ahora. Consiguió sonreír mientras le pasaba la mano por la cintura.

—Vamos, cariño —dijo con una sonrisa seductora—. Sabes que no jugamos a estas cosas en público.

Otra carcajada de Rostov. Se hizo otro silencio y luego Ilana suspiró. Y lo mejor de todo fue el tono carmesí que cruzó el hermoso rostro de su traductora.

—No —dijo—. Nosotros no jugamos…

—Así es, cariño. No lo hacemos.

Caroline parecía debatirse entre la vergüenza y el deseo de asesinarle. Y eso hizo que a Lucas le resultara más fácil estrecharla con más fuerza contra sí.

—Si quieres tu recompensa, tendrás que esperar a que acabe la velada. Ya lo sabes, Dani.

Le estaba diciendo que si quería los mil dólares tendría que representar el papel para el que Jack Gordon la había contratado.

—¿Lo has entendido, cariño?

A ella le brillaron los ojos. Ahora no mostraban vergüenza ni miedo.

–Lo he entendido perfectamente, cariño.

Lucas se rió, La dama tenía agallas, y eso le gustaba. No estaba acostumbrado a verlo. Las mujeres no se le solían enfrentar, al menos hasta que ponía fin a la relación.

Rostov le dio un codazo en las costillas.

–Tu dama es una gata salvaje, Lucas.

Lo era. Era muchas cosas. Guapa. Inteligente. Experta en ruso, según parecía. Y tenía una boca dulce y una piel suave.

–Se está haciendo tarde –dijo consultando su reloj–. ¿Por qué no entramos directamente al restaurante y nos tomamos una copa allí?

–Tomaremos champán –dijo Rostov dándole una palmada en la espalda–. Cuando hayamos tratado un par de puntos, *da*?

Lucas inclinó la cabeza. Dani dijo algo en ruso, Rostov contestó y ella miró a Lucas.

–Quiere decir que hay un par de asuntos que le preocupan en el acuerdo, y quiere hablar de ellos.

Lucas sonrió. Su plan había funcionado. Rostov estaba dispuesto a cerrar el trato. Dani entendía los matices de la traducción. Y al verla ahora con las mejillas un tanto sonrojadas, el cabello un poco despeinado y los ojos brillantes, ni siquiera Ilana se cuestionaría su relación.

Podía relajarse. Sólo faltaban un par de horas de socialización. Luego Rostov y él se darían la mano y se dirían adiós, Ilana se convertiría en un mal recuerdo, le entregaría a Dani Sinclair un cheque por mil dólares y no volverían a verse nunca más.

Caroline se sentó en el restaurante frente a la mujer de la máscara congelada y se preguntó cómo podía haberse visto envuelta en aquella situación.

Todavía no podía creer que Lucas Vieira la hubiera besado de aquella forma, atrayéndola hacia sí, dejándole sentir el latido de su corazón, el calor de su cuerpo. La dureza de su erección.

Caroline agarró la copa de champán y se la llevó a los labios. El restaurante era un lugar pequeño, íntimo y elegante, igual que los clientes. Reconoció algunos rostros del cine y la televisión y de las portadas de las revistas. Los hombres exudaban poder y las mujeres iban vestidas de forma exquisita. Más de una había mirado hacia ella con envidia por contar con la atención de un hombre como Lucas. Pero no era real, y Caroline debía recordarlo. Aunque le resultaba difícil, porque Lucas se mostraba muy atento.

Y era extremadamente sexy, incluso cuando Rostov y él se enzarzaron en una intensa conversación sobre bebidas. Ilana tradujo para su esposo en voz baja y Caroline hizo lo mismo por Lucas.

Todo había salido muy bien, a excepción de esos momentos en los que Lucas le hacía alguna pregunta a ella o se inclinaba para escuchar lo que tenía que decir. Entonces apoyaba su oscura cabeza contra la suya y ella pensaba que sólo tenía que levantarla un poco para sentir el roce de su mejilla.

Incluso después, cuando se cerró el acuerdo y se sirvió otra botella de champán, el peligro no había terminado. Lucas seguía rozándola de cuando en cuando. El pelo. La mano. El hombro cuando colocaba el brazo en el respaldo del asiento y le rozaba la piel desnuda con los dedos.

Puede que formara parte de la farsa, o tal vez Lucas no fuera siquiera consciente de lo que estaba haciendo. Era un hombre acostumbrado a estar con mujeres, eso estaba claro. Pero cuando la tocaba…

Caroline se estremeció. Lucas, que estaba hablando con Rostov pero tenía la mano sobre la de Caroline, se inclinó hacia ella.

–¿Tienes frío, cariño? ¿Te dejo mi chaqueta?

¿Su chaqueta, que conservaría su olor y el calor de su cuerpo?

–¿Dani? Si quieres yo te puedo dar calor.

Ella clavó los ojos en los suyos. Algo brillaba en aquellas verdes profundidades. ¿Estaba jugando con ella?

–Gracias –dijo con suma cautela–. Estoy bien.

Lucas sonrió. A Caroline le dio un vuelco el corazón. Tenía la sonrisa más sexy que había visto en su vida. Lo tenía todo sexy: los ojos, el rostro, las manos, el cuerpo… y sus besos. Dejó escapar un leve gemido y Lucas alzó una ceja.

–¿Seguro que estás bien?

–Sí –se apresuró a responder ella–. Es sólo que… no sé qué pedir.

–Deja que pida por ti, mi amor.

Quería decir que no, pero habría sido una estupidez. Era más fácil leer a Chejov que leer aquella carta. Mayonesa negra de trufa. Espuma de eneldo. Pero el hecho de permitir que hiciera algo personal por ella la hacía sentirse incómoda.

–¿Dani?

–Sí –dijo–. Gracias, eso me gustaría.

Lucas se llevó su mano a los labios.

–Dos «gracias» seguidos. Debo estar haciendo algo bien.

Los Rostov sonrieron. Eso estaba bien. Después de todo, la actuación era en su honor. Tenía que recordarlo.

El camarero llevó el primer plato. Justo a tiempo.

Necesitaba comer. Llevaba horas sin probar bocado. Por desgracia, apenas fue capaz de probar un poco. Ni tampoco lo consiguió con el segundo plato. Estaba segura de que sería delicioso, pero su estómago se había puesto en huelga.

–Lucas –dijo con tono desesperado–. Yo…

Él la miró a los ojos y apretó las mandíbulas. Entonces le tomó la mano, volvió a besársela de aquella manera tan increíble y miró hacia Leo Rostov, que estaba contando uno de sus interminables chistes.

–Leo –dijo Lucas educadamente–, Dani está agotada. Vais a tener que perdonarnos.

Era una petición, pero también una orden. Ella se dio cuenta y Rostov también. Su rostro rojizo se ensombreció. No estaba acostumbrado a que otra persona dijera cuándo se acababa la fiesta.

–Lucas –susurró Caroline–. No pasa nada. Si tienes que…

–Lo que tengo que hacer –respondió con calma–, es llevarte a casa.

Caroline se dio cuenta entonces de que su pareja era muy arrogante, pero también muy auténtico.

Lucas sacó el teléfono móvil, llamó a su chófer para que estuviera en la puerta del restaurante, rechazó el intento de Rostov de pagar la cuenta y pidió otra botella de champán.

–Ilana y tú quedaos y divertíos –les pidió.

Entonces salieron a la calle y Lucas se giró hacia ella.

–¿Estás bien?

–Sí, gracias. Es que ha sido un día muy largo y…

Lucas tenía sus manos fuertes y cálidas sobre sus hombros. Estaban tan cerca que podía sentir su calor, ver el iris esmeralda de sus ojos. Caroline se estremeció.

–Maldición –gruñó él quitándose la chaqueta del traje y colocándosela por los hombros.

Tal y como se temía, la tela conservaba su calor y su aroma.

–No –dijo al instante–. De verdad, yo no…

–Deja que te dé calor –le pidió él como había dicho hacía unos instante.

Sólo que esta vez no se trataba de una pregunta. Cuando alzó la vista para mirarlo, fue como si el mundo se detuviera.

–Diablos –dijo él con voz seca.

Podría haberle preguntado por qué dijo eso. Por qué su voz sonaba como arena. Pero habría sido una tontería, y ya había cometido suficientes, empezando por aceptar la proposición de Dani.

–Dani –dijo aquella única palabra con recelo, y ella emitió un gemido ahogado, dio un paso adelante y él le agarró de las solapas de su chaqueta y la atrajo hacia el calor de su cuerpo.

E hizo lo que llevaba toda la noche deseando hacer.

Inclinó la cabeza. Le tomó la boca. La besó suavemente y cuando ella se puso de puntillas y le echó los brazos al cuello, cuando abrió los labios a los suyos, la besó más apasionadamente.

–Dani –volvió a decir contra su boca.

Y Caroline sujetó el rostro de Lucas entre las manos y lo atrajo hacia sí para que el beso no terminara.

Capítulo 4

UN Mercedes negro y largo se detuvo en la entrada. Lucas entró y le tendió la mano a Caroline para ayudarla a pasar al interior de la limusina de cuero oscuro. Era como entrar en un mundo sólo para ellos. Sin luces, sin gente.

–Llévanos a casa –le dijo Lucas al chófer, que subió la mampara de separación y se quedaron a solas–. Ven aquí –dijo con voz ronca.

Y sin vacilar, Caroline se acurrucó en sus brazos.

El Mercedes se movió a toda prisa por las oscuras calles de la ciudad. Era como una carroza mágica cruzando un mar de sueños. Un amante de ensueño que la besaba y la colocaba sobre su regazo.

–Abre la boca –susurró Lucas–. Déjame saborearte.

Ella gimió. Abrió los labios bajo los suyos mientras la limusina enfilaba por la Quinta Avenida.

–Llevo toda la noche deseando esto. Tenerte entre mis brazos, besarte. Dios, Dani, ere preciosa.

–Lucas, no…

–¿Quieres que pare? –se retiró lo suficiente para poder mirarla a los ojos.

Caroline le sostuvo la mirada. Lo que quería decirle era que se llamaba Caroline, que no era Dani…

–Si esto no es lo que quieres, dímelo ahora –le pidió él con brusquedad.

Ella sacudió la cabeza.

«No te pares. No te pares. No…».

Lucas la besó y el mundo desapareció por completo.

Parecía que estuvieran en el cielo, con la luz de la luna filtrándose por la ventanilla. La besó en el ascensor privado que llevaba a su ático, la besó cuando la tomó en brazos y la llevó a su dormitorio, la besó cuando la dejó en el suelo.

Le cubrió un seno, deslizó los dedos por el pezón de seda que anhelaba su contacto. Ardía en llamas por él.

–Dani –repitió Lucas, y juntos se apoyaron contra la pared. La boca de Lucas se apoderó de la suya; le levantó la falda para acariciarla con premura. Ella tembló, le sujetó el rostro con las manos y le ofreció los labios, la lengua y su deseo.

Lucas dijo algo en portugués y ella le desabrochó los botones de la camisa. Lucas la levantó y Caroline contuvo el aliento ante el impacto de su erección contra ella.

–Rodéame la cintura con las piernas –le pidió con un gruñido.

Caroline obedeció y volvió a contener el aliento cuando él deslizó una mano entre ellos y entonces…

Y entonces entró en ella fuerte y caliente, seda sobre acero, estirándola, llenándola, y resultaba delicioso y aterrador, no era nada parecido a la única vez que había estado con un hombre, no se parecía a nada que pudiera haber imaginado.

–Lucas –sollozó–. Oh, Dios, Lucas…

Caroline gritó en éxtasis y sintió cómo volaba con él sobre las estrellas.

Lucas no supo cuánto tiempo estuvieron así, con Dani entre sus brazos y las piernas rodeándole las caderas, los dos jadeando mientras el sudor les perlaba la piel.

Pudieron haber transcurrido horas. O minutos. Había perdido la habilidad de pensar con claridad.

Qué diablos, eso había quedado dolorosamente claro. Un hombre con cabeza no hacía lo que él acababa de hacer. Hacerle el amor a una mujer con la finura de un toro en celo.

Y sin protección. No se lo podía creer. ¿Cómo era posible que la pasión hubiera superado a la lógica?

—Por favor…

Dani le estaba hablando. Susurrando, más bien. Tenía el rostro hundido en su cuello, como si no quisiera mirarlo. Entre eso y el temblor de su voz, parecía estar molesta. ¿Y por qué no iba a estarlo?

—Dani —dijo con dulzura—. Mírame.

Ella sacudió la cabeza. Su cabello, aquella melena de seda dorada, se agitó alrededor de su cara.

—Cariño, ya sé que esto no ha sido…

—Por favor, bájame.

Había una ligera nota de pánico en sus palabras. Lucas asintió, la bajó al suelo y apretó los dientes para contener la repentina oleada de deseo que experimentó cuando su cuerpo rozó el suyo.

—Dani…

—Tú no lo entiendes —Caroline levantó la cabeza; a él se le encogió el corazón al ver lo que reflejaban sus ojos—. Escúchame, Lucas. Lo que acabamos de hacer… yo nunca…

—Lo entiendo —él le sujetó el rostro—. Ha sido demasiado rápido. Culpa mía. Lo siento. Quería hacer las cosas bien. Pero te deseaba tanto que…

—No —ella le agarró las muñecas—. No es eso. Lo que quiero decir es que yo… yo…

–No te he dado suficiente tiempo.

Caroline soltó una pequeña carcajada de impotencia.

–Lucas, no estamos hablando de lo mismo…

–Claro que sí –insistió él–. Ha sido culpa mía.

¿Qué sentido tenía explicarse ahora?, pensó Caroline. Lo cierto era que después de lo que acababa de hacer, tener relaciones sexuales con un desconocido, estaba dispuesta visto lo visto a seguid adelante fingiendo que era una mujer capaz de hacer algo así sin sentirse culpable. Lucas nunca llegaría a saber que en realidad era Caroline Hamilton, no Dani Sinclair. No volverían a verse nunca más.

–Debes saber que estoy sano –dijo él con tono suave acariciándole un mechón de pelo.

Caroline parpadeó.

–¿Qué?

–Que estoy sano, cariño –se inclinó para rozarle los labios con los suyos–. De todas formas, tendría que haber utilizado preservativo. ¿Tú estás…?

Ella sintió cómo se sonrojaba.

–Sí –se apresuró a decir–. Estoy completamente sana.

En eso no mentía. La última vez que tuvo relaciones sexuales fue hacía tres años, así que era imposible que tuviera ninguna enfermedad de transmisión sexual.

Lucas apoyó las manos en la pared, una cada lado de ella.

–No quería decir eso. Me refería a si tomas la píldora.

La tomaba para regular su periodo, pero no hacía falta darle detalles.

–Sí –respondió sin poder evitar sonrojarse todavía más.

–Bien. Pero si algo saliera mal…

–Nada va a salir mal –respondió ella al instante.

Si aquella conversación duraba un segundo más, se echaría a llorar o a reír histéricamente.

–¿Dani?

–No… no me llames así –Caroline tragó saliva–. Quiero decir… ese nombre nunca me ha gustado –sin poder evitarlo, las lágrimas le resbalaron por las mejillas–. Tengo que irme –dijo.

Pero cuando trató de marcharse, Lucas la sujetó por los hombros.

–Cariño –torció el gesto–. Maldita sea, te he hecho llorar.

–No –ella negó con la cabeza–. No, no es culpa tuya.

Lucas le levantó la barbilla para obligarla a mirarlo. Se le estaba corriendo el rímel. Estaba hecha un desastre. Un hermoso desastre, pensó mientras la estrechaba entre sus brazos.

–Te he hecho daño –gruñó él–. He sido demasiado brusco y demasiado rápido.

–No –murmuró Caroline en un sollozo–. Soy yo. Lo que he hecho, venir aquí, comportarme como una…

–Shh –Lucas la abrazó y la acunó suavemente entre sus brazos hasta que la sintió relajarse un poco–. No hay que lamentar lo que ha sucedido. Ha sido algo...

¿Inesperado? ¿Imprevisto? Estar con una mujer era lo último que imaginaba que haría aquella noche, pero no se arrepentía. De hecho, el instinto le decía que lo que acababan de compartir sería algo que no olvidaría pronto.

–Ha sido algo maravilloso –dijo con dulzura–. Increíble. Y es culpa mía que para ti no haya sido igual.

–Pero sí lo ha sido. Maravilloso, quiero decir.

–Me alegro –Lucas le deslizó los labios por los suyos–. Pero estoy seguro de que puedo hacerlo mejor.

–Es tarde –suspiró ella–. Y...

–Quiero desnudarte.

El sonido de su voz provocó que a Caroline le temblaran las rodillas.

–Desnudarte. Besarte. Acariciarte por todas partes. Despacio esta vez. Muy despacio –Lucas la atrajo hacia sí y la besó apasionadamente–. Podemos pasar el resto de la noche conociéndonos mejor el uno al otro.

Caroline lo miró a los ojos y volvió a alzar una mano hacia su rostro. ¿Qué era más fuerte, el deseo de echar a correr o el deseo de dejar que pasara lo que ella sabía que quería que pasara?

Lucas le tomó la mano, le besó la palma, la muñeca, el brazo, y Caroline obtuvo la respuesta.

–Lucas –susurró rodeándole la nuca y devolviéndole los besos.

Él empezó a desvestirla muy despacio, haciendo las cosas como debió haberlas hecho la primera vez, desplegando cada caricia, cada roce de piel con piel, dándole la vuelta y besándole el cuello mientras le bajaba la cremallera.

El vestido se abrió. Caroline trató de sujetarlo, pero él se lo deslizó por los brazos, le cubrió los senos y la sintió estremecerse.

La sostuvo de ese modo hasta que ella gimió su nombre y se apoyó de nuevo contra él. Lucas le desabrochó el cierre delantero del sujetador y contuvo un gemido al sentir sus senos desnudos en las manos.

La escuchó contener el aliento. Sintió el escalofrío que la recorrió. Le deslizó los pulgares por los pezones y ella emitió aquel sonido de placer que le hacía desear darle la vuelta y hundirse en su interior.

Pero todavía no. Le deslizó una mano por las costillas. Por el vientre. Posó los labios en su nuca y besó su piel fragante. Bajó más las manos. Más todavía. Ella susurró su nombre, trató de darse la vuelta, pero él no se lo permitió, no ahora que tenía las manos entre sus muslos, cuando estaba más excitado de lo que creyó posible estar jamás.

Le abrió lentamente las piernas con los dedos. La acarició. Escuchó el silbido de su respiración. Sintió cómo trataba de cerrar los muslos para detenerle.

Sintió cómo dejaba de luchar contra él, contra sí misma, y comenzaba a moverse sobre su mano.

–No –dijo–. No, Lucas, no. No lo hagas. Voy a…

Soltó un gritó largo. Aquel sonido le llenó de un inmenso placer. La estrechó entre sus brazos y la llevó hasta la cama.

La luz de la luna la bañaba en marfil. Su cabello se desparramó por la almohada, era oro pulido sobre crema. Se la había imaginado así, pero era más perfecta que su imagen mental. Era adorable. Toda ella.

Le hizo el amor despacio, como había prometido, observando su rostro mientras lo hacía, disfrutando de cómo abría los ojos de par en par, como entreabría los labios. Cuando le puso la mano en el seno, ella se la agarró.

–Déjame tocarte –susurró Lucas.

Entonces Caroline le soltó la mano, contuvo la respiración y gritó cuando le deslizó el pulgar por el pezón rosado antes de inclinar la cabeza e introducírselo en el calor de su boca.

Sabía a miel. A crema. A vainilla. Le succionó los pezones, se los lamió hasta que sus gemidos le hicieron saber que estaba loca de deseo por él.

Igual que lo estaba él por ella.

–Lucas…

Su susurro era una plegaria.

Él la estrechó entre sus brazos. La atrajo hacia sí y la besó lenta y deliberadamente. No se saciaba de ella;

por mucho que deseara hundirse en su calor de seda, quería seguir besándola. Caroline tembló contra él y Lucas tembló también, ansioso por poseerla.

Era una dulce tortura.

Caroline volvió a suspirar su nombre, esta vez con creciente urgencia. Le rodeó el cuello con los brazos. Él sabía lo que anhelaba; él también lo deseaba, pero se dijo que debía esperar.

–Lucas –susurró ella–. Lucas, por favor…

Pronuncio aquel «por favor» con tanta dulzura e inocencia que estuvo a punto de ser su fin. Lucas se puso de pie, se quitó la ropa, vio cómo ella abría mucho los ojos cuando observó su erección. Era grande, eso lo sabía. Y estaba orgulloso de serlo, pero vio un destello de miedo en sus ojos.

–¿Va todo bien? –le preguntó con voz ronca–. Encajamos, ¿te acuerdas? Acaba de suceder.

Le tomó la mano y Caroline lo agarró. Él gimió. Ella volvió a apartar la mano y Lucas se la sujetó mientras abría el cajón de la mesilla de noche y sacaba un preservativo. Unos segundos más tarde se arrodilló entre sus muslos.

Con los ojos clavados en los suyos, entró lentamente en ella.

–¿Te gusta? –susurró–. Dime que sí. Dime…

Caroline le acercó el rostro al suyo. Lo besó. Susurró su nombre y él se perdió entre sus besos, en el ritmo que establecieron.

El mundo estalló en llamas.

Tras un largo rato, Lucas se tumbó de costado con ella acurrucada entre sus brazos como un gatito satisfecho. Le gustaba sentirla cálida y suave contra él.

–¿Estás bien, cariño?

Dani emitió un sonido parecido a un ronroneo que le hizo sonreír.

–Entonces cierra los ojos –le pidió subiendo la colcha para taparles.

Ella dejó caer las pestañas hasta las mejillas. Lucas le besó la sien y escuchó su acompasada respiración.

Era increíble. Había terminado el día sin querer saber nada de las mujeres y terminaba la noche con una mujer entre los brazos. Bostezó. Estaba demasiado cansado para tratar de entender nada en aquel momento. El reloj de la mesilla marcaba las tres y media. Tenían tres horas de sueño antes de que sonara la alarma, a menos que se despertara un poco antes para poder volver a hacerle el amor.

Pero puede que no fuera tan buena idea. Tal vez debería haberla llevado a su apartamento. Tal vez se arrepintiera de que se hubiera quedado a pasar la noche. No había más que ver lo que había sucedido con Elin. Se había quedado unas cuantas noche allí y eso bastó para que decidiera que tenían una relación.

Tal vez... tal vez necesitara dormir. Lucas atrajo a su traductora hacia sí. Dejó caer los párpados. Sonrió al recordar que le había dicho que no le gustara que la llamaran Dani. ¿Cuál sería su nombre auténtico? ¿Danielle? Ya lo averiguaría por la mañana.

Averiguaría muchas cosas por la mañana. El único problema posible sería que malinterpretara el hecho de haber pasado la noche en su cama. Las mujeres...

Lucas se quedó dormido.

Y cuando la alarma sonó a las seis y media, no hubo ningún problema que resolver porque Dani Sinclair se había ido.

Capítulo 5

CAROLINE se despertó sobresaltada antes del amanecer. Sintió a su lado un cuerpo duro, cálido, musculoso y bronceado que sujetaba el suyo por la cintura con gesto posesivo.

El corazón se le subió a la boca. En su mente surgieron escenas de la noche anterior. Ella lanzándose en brazos de Lucas en su limusina, besándolo en el ascensor. Haciendo el amor con él contra la pared y luego en aquella cama.

Pero no había sido amor, había sido sexo. Tratar de convertir la noche anterior en algo romántico era como fingir que *madame* Bovary era Cenicienta.

Nunca en su vida había hecho nada parecido a aquello. Se había ido a la cama con un hombre al que no conocía, y lo único bueno era que todavía estaba dormido. Caroline suspiró en silencio al observar su magnífico cuerpo y su hermoso rostro. Le apartó el brazo con sumo cuidado. Despertarlo y tener que enfrentarse de nuevo a él era lo último que deseaba en el mundo.

Se puso en acción y localizó su ropa dispersa. Pero no encontró sus braguitas. Tenía que marcharse de allí cuanto antes.

La mortecina luz del amanecer iluminó las estancias del ático mientras bajaba. No recordaba el lugar, la noche anterior tenía toda la atención centrada en Lucas.

Ahora vio que era muy grande y estaba decorado con madera y cristal. El ascensor, pequeño y elegante, esperaba al final del recibidor. Mientras bajaba en él, Caroline se miró al espejo, y lo que vio le hizo dar un respingo. El maquillaje corrido. El pelo revuelto. En un mundo mejor, el vestíbulo habría estado vacío.

–Buenos días, señorita –la saludó el portero sonriendo, como si estuviera acostumbrado a ver mujeres en su estado saliendo del ascensor de Lucas–. ¿Quiere que le pida un taxi? –preguntó abriéndole la puerta.

Caroline deseó que el suelo de mármol se la tragara.

–Sí, por favor –dijo.

No se imaginaba subiéndose al metro con aquel aspecto a aquellas horas de la mañana.

Cuando se bajó del taxi y llegó a su apartamento sin cruzarse con nadie, cerró la puerta, se quitó el vestido y los zapatos y se dirigió directa a la ducha.

Pero ni todo el agua con jabón del mundo podrían conseguir que olvidara lo que había sucedido.

Lucas se despertó al escuchar un sonido distante. Parecía ser el sonido del ascensor. Se incorporó. A su lado había un espacio vacío, y la ropa de Dani ya no estaba tirada por la habitación.

Se había ido.

Se recostó contra los almohadones y puso las manos en la nuca. Bueno, pues mejor así. Mucho mejor. Así no tenía que forzar una conversación matinal ni ofrecerle un café.

Lucas se puso de pie y se dirigió a la ducha. Abrió todos los chorros para producir una fina neblina mientras dejaba que el agua resbalara por su cuerpo.

Recordó el momento en el que había acariciado los

pezones rosados de Dani hasta convertirlos en pequeños puntos tirantes, y cómo ella había gritado como si
algo tan sencillo fuera nuevo. Y más adelante, cuando
abrió las piernas y besó su piel más íntima, la saboreó
con la boca...

Diablos.

Lucas cambió el agua caliente a fría. Ya estaba bien
de pensar en la noche anterior. Tenía un largo día por
delante.

El día no estaba yendo bien.

Lucas había estado casi toda la mañana en una reunión sin enterarse de nada de lo que se decía. Había
cancelado la cita que tenía a la hora de comer. Y ahora
estaba sentado en su escritorio tratando de dar respuesta a una pregunta tan difícil como poco importante.

¿Por qué había huido Dani Sinclair?

¿De qué otra forma podía calificarse que una mujer
que había pasado la noche en tu cama desapareciera sin
decir adiós, sin dejar una nota, sin dejar su número de
teléfono?

Daba igual si no volvía a verla. Tal vez fuera mejor
así. Pero tenía que ponerse en contacto con ella. No le
había pagado los mil dólares por el trabajo que había
hecho.

Diablos. Aquello no estaba bien. Darle dinero a
Dani después de haber hecho el amor con ella por la
noche tenía una connotación desagradable. Pero daba
lo mismo. Los negocios eran los negocios. Le debía dinero por la parte de la velada relacionada con los Rostov. Lo que había sucedido después no eran negocios.

Y todo aquello le devolvía a la pregunta inicial.
¿Por qué se había esfumado? Eso no le gustaba. Las

mujeres no se iban de su lado como Dani había hecho.

—¿Señor Vieira?

Lucas puso los ojos en blanco. Denise-Elise sonaba patética incluso a través del intercomunicador.

—¿Sí?

—El señor Gordon está aquí y quiere verlo, señor.

Jack Gordon. Lucas apretó los labios. No tenía ganas de ver a aquel hombre ahora, pero Gordon le había hecho un favor la noche anterior. Además, tendría la dirección de Dani, y así podría enviarle por correo el cheque.

—Dile que pase.

Gordon entró por la puerta sonriendo.

—Hola, ¿qué tal salió todo?

—Muy bien. De hecho iba a llamarte para darte las gracias y pedirte que…

—¿Tenía razón o no? Sabía que Dani sería perfecta.

—Sí, lo fue. Y necesito que…

—Es un bombón, ¿verdad? Y además inteligente. Y menudo cuerpo.

Lucas deseó levantarse de la silla, agarrar a Gordon de las solapas y echarle de allí. Pero esbozó una sonrisa educada.

—Estoy muy ocupado esta mañana, Jack. Así que gracias por recomendarme a la señorita Sinclair. Y por favor, déjale su dirección a mi asistente.

—¿La dirección de Dani? —Jack Gordon sonrió con astucia—. Ajá. La velada fue entonces mejor que bien, ¿eh?

Lucas entornó los ojos.

—He olvidado pagarle los mil dólares que mencioné. Aunque se merece una gratificación. ¿Cuál es su tarifa habitual? Debería habérselo preguntado, pero…

–Pero no hubo tiempo –Gordon sonrió y apoyó la cadera en el escritorio de Lucas–. Lo comprendo. ¿Su tarifa habitual? Bueno, no es barata.

–Sólo dime cuánto cobra.

–¿Por una noche? Diez mil dólares.

–¿Cómo? –Lucas parpadeó y sintió un escalofrío–. Nadie gana tanto dinero como traductora.

–¿Como traductora? –Gordon se rió–. Claro que no, pero Dani…

–¿Pero Dani qué? –a Lucas le brillaron los ojos cuando se puso de pie–. ¿A qué se dedica para ganar tanto dinero?

Gordon se quedó mirando a su jefe.

–Ella… ella hace lo que hizo con usted anoche.

Lucas sintió cómo se quedaba paralizado.

–Responde a la pregunta, Jack. ¿Qué hace Dani Sinclair para ganar diez mil dólares por una noche?

Jack Gordon tragó saliva.

–Es… ya sabe… es… acompañante. Sale con… con hombres. Como con usted. Y tiene que admitir que es buena…

Lucas lo golpeó. Fuerte. Le dio en toda la mandíbula. Gordon se tambaleó, cayó sobre una rodilla y se llevó la mano a la boca. Lucas rodeó el escritorio, volvió de nuevo hacia él.

Y se detuvo.

Una acompañante. Una prostituta. Se había acostado con una mujer que se vendía a cualquier hombre que pudiera permitirse pagar sus servicios.

Una prostituta había pasado la noche en su cama.

El corazón empezó a latirle con fuerza. Se le nubló la visión. Gordon seguía apoyado sobre una rodilla con el rostro pálido y los ojos abiertos de par en par por el miedo. Lucas sintió un nudo en el estómago. Jack era un cerdo, pero había descargado su ira contra la persona equivocada.

–Levántate.

–No me pegue otra vez.

–¡Levántate, maldita sea!

–Tendría que habérselo dicho, señor Vieira.

–Pero no lo hiciste –Lucas le puso delante una libreta con un bolígrafo–. Escribe su dirección.

–Sí, claro. Mire, he cometido un error, ¿de acuerdo? Lo siento de verdad, yo…

–Estás despedido, Gordon.

Gordon adquirió una expresión desagradable.

–¿De veras? Si cuento esta historia por ahí…

–Hazlo y, que Dios me ayude, no vivirás lo suficiente para disfrutarlo.

–No se atreverá a…

Lucas se rió. Y Jack Gordon, al escuchar aquella risa y mirarlo a los ojos, supo que había perdido el juego.

Los viernes eran siempre el día más fácil de la semana para Caroline.

Durante el periodo escolar tenía un seminario matutino. Después podía irse a casa y tumbarse. Ahora, con los colegios cerrados por las vacaciones de verano, el día entero era suyo. Normalmente eso sería estupendo.

Pero ese día no.

Sin tener algo que hacer, los recuerdos de la noche anterior seguían colándose. Así que cuando la camarera de la cafetería en la que había empezado a trabajar hacía poco llamó para preguntarle si podía sustituirla un par de horas, dijo que sí aunque odiaba aquel lugar por su famosa pero maleducada clientela del mundo del espectáculo y por los turista mirones.

A eso de las dos de la tarde ya se había arrepentido de su decisión. Una familia de turistas de cinco personas había consumido una cuenta de ciento veinte dólares y le habían dejado una propina de dos. La mujer de la mesa cuatro estaba todavía pensando qué pedir tras llevar quince minutos leyendo la carta. Y el cliente de la mesa seis, el presentador de un programa de televisión, había devuelto la hamburguesa tres veces.

—Tu hamburguesa ya está.

Caroline asintió a la camarera de mediana edad que pasó a su lado, cruzó las puertas abatibles que llevaban a la cocina, recogió la hamburguesa y se la llevó a la mesa seis.

Al menos se podía volver a pedir un plato. Lo que no se podía era cambiar un comportamiento que te avergonzaba tanto que te querías morir al pensar en ello...

—¿Señorita? ¡Señorita!

Mesa seis. Caroline empastó una sonrisa.

—¿Sí, señor?

—¿El chef no entiende el significado de la palabra «poco hecha»?

Caroline miró la hamburguesa. Sangraba como un extra en una película de terror. Recogió el plato, forzó una sonrisa y se dirigió de nuevo a la cocina.

—No está lo suficientemente poco hecha.

Caroline suspiró al unísono con la cocinera antes de salir justo a tiempo de que la mujer de la mesa tres le hiciera el gesto para que le cobrara. Caroline asintió, sacó la libreta del bolsillo e hizo la cuenta. Era mucho, pero en aquel sitio todo resultaba muy caro.

—¡Señorita!

Oh, Dios mío.

—¿Sí, señor?

–¿Dónde está mi hamburguesa?

–La mandó usted de vuelta, señor. La cocinera está…

–La quiero ahora, señorita.

–Pero señor…

–¿Está discutiendo conmigo, señorita?

–No, por supuesto que no, pero…

–¡Llame ahora mismo al encargado! No voy a permitir que me insulte una…

Aquello fue la gota que colmó el vaso. El trabajo, los clientes… ya había tenido suficiente. Había otros restaurantes, otros trabajos, e iba a recibir quinientos dólares. La noche anterior había pensado en lo horrible que sería aceptar aquel dinero, pero aquello era ridículo. Había hecho lo que Dani le pidió que hiciera, y por eso le iba a pagar.

Caroline arrojó la libreta sobre el mostrador. Se quitó el delantal blanco que tenían que llevar todas las camareras y se lo arrojó al idiota de la mesa seis.

–¿Disculpe? –le espetó él sin dar crédito.

Caroline sonrió por primera vez con naturalidad desde que se había levantado aquella mañana.

–Hace bien en disculparse –aseguró con dulzura.

Y se marchó.

¿Debería llamar a Dani o presentarse en su puerta? Nunca había estado en su casa, pero recordaba su dirección. Decidió presentarse sin más.

La casa de Dani era un edificio de piedra que estaba en una calle de moda. Caroline alzó las cejas. Tal vez se hubiera equivocado. Pero cuando llamó a la puerta, fue la propia Dani la que abrió.

–Caroline, ¿qué estás haciendo aquí?

Caroline se sintió como una estúpida. Iba vestida

con vaqueros, camiseta y deportivas. Dani llevaba un vestido escarlata corto y botas negras de piel con tacón de aguja. Estaba maquillada y perfectamente peinada.

–He venido a… –Caroline tragó saliva–. Me debes dinero –le espetó.

–Oh, así es –Dani dio un paso atrás–. Bueno, no te quedes ahí fuera. Entra. Pero voy a salir –dijo Dani con brusquedad cruzando el caro suelo de diseño de su caro salón–. Quinientos, ¿verdad? –preguntó abriendo el bolso.

Caroline asintió mientras miraba a su alrededor. Había estado en los apartamentos de otros compañeros de master. Todos se parecían al suyo: muebles baratos, paredes deslucidas… la casa de Dani era un palacio.

–Guau –dijo en voz baja–. Esto es precioso.

Dani sonrió e inclinó la cabeza.

–Tú podrías tener una casa así si quisieras –dijo lentamente.

–¿Yo? –Caroline se rió–. Claro. Si me tocara la lotería.

–Trabajando –Dani volvió a sonreír–. Lo digo en serio, Dani. Yo podría ayudarte a empezar. Presentarte a algunas personas, ayudarte a comprar algo de ropa.

Caroline sacudió la cabeza.

–No lo entiendo. ¿Estás hablando de ser modelo?

–¿Modelo? –Dani se rió–. Bueno, es una forma de verlo.

–Gracias, pero no creo que…

Sonó el timbre de la puerta. Dani torció el gesto.

–No esperaba compañía esta tarde. Toma –le tendió cinco billetes de cien dólares–. Vamos, toma el dinero.

Caroline lo hizo a regañadientes. De pronto le parecía mal aceptarlo. El estómago le dio un vuelco.

–¿Puedo… puedo usar el baño?

–Al final del pasillo a la derecha –Dani puso los ojos en blanco cuando volvió a sonar el timbre–. Pero date prisa, ¿de acuerdo? Ya te he dicho que iba a salir.

Caroline cerró la puerta del baño tras ella. Sentía frío y calor al mismo tiempo. Aquel maldito dinero le había vuelto a recordar todo. No podía aceptar los quinientos dólares. Los devolvería.

Entonces escuchó unas voces. La de Dani. Y la de un hombre. Pero no la de cualquier hombre. Era la voz de Lucas Vieira.

Salió al instante al pasillo. Vio a Lucas, su cuerpo alto y poderoso tan familiar ahora para ella. Y a Dani mirándolo desafiante y en jarras.

–Por supuesto que soy Dani Sinclair –le estaba diciendo–. ¿Y quién diablos eres tú?

–Soy Lucas Vieira –gruñó Lucas–. Y tú no eres Dani Sinclair.

–No seas ridículo. ¡Cómo no voy a saber quién soy!

–¿Lucas?

Caroline avanzó lentamente por el pasillo. Lucas alzó la vista y vio la confusión en sus ojos.

–¿Dani?

–¿Dani? –la auténtica Dani se echó a reír–. ¡Ya lo pillo! Eres el tipo de anoche. Y crees que Caroline soy yo.

–¿Qué diablos está pasando aquí? –la expresión de Lucas pasó de perpleja a confundida.

Caroline se humedeció los labios.

–Puedo explicarlo. En realidad me llamo Caroline. Caroline Hamilton. Verás, se suponía que Dani iba a ser tu traductora…

Lucas torció el gesto.

–Mi cita, querrás decir –dijo en voz baja–. La que concertó Jack Gordon.

–No conozco a nadie llamado Jack Gordon. Dani lo arregló todo. Y sí, se suponía que yo era tu cita.

–Y tú estuviste de acuerdo.

–Bueno, sí. No quería hacerlo. De verdad, no quería. Pero tienes que entenderlo, necesitaba el dinero.

–Necesitabas el dinero –Lucas miró el fajo de billetes que Caroline tenía en la mano y luego alzó la vista hacia su rostro–. Dios, necesitabas el dinero –repitió con desagrado.

Caroline estiró la espalda.

–Tal vez quinientos dólares no signifiquen nada para ti, pero para mí…

Lucas se giró hacia Dani.

–¿Ah, sí? ¿Gordon te pagó tu tarifa habitual y tú sólo le has dado a ella quinientos dólares?

–Nadie me ha pagado ni un céntimo todavía –respondió Dani con frialdad–. Lo único que he sacado de esto hasta el momento son problemas.

–¿Qué tarifa habitual? ¿Quién es Jack Gordon? ¿Qué clase de problemas? –Caroline se acercó rápidamente a Lucas y se detuvo a escasos centímetros de él–. Lucas –le temblaba la voz–. Quinientos dólares es mucho dinero. Lo necesitaba. Y si sirve de algo, nunca había hecho nada así con anterioridad.

Caroline sintió cómo la frialdad reemplazaba a la ira en el rostro de Lucas.

–¿En serio?

¿Fingir que era otra persona? No, por supuesto que no. Caroline sacudió la cabeza.

–No –afirmó con rotundidad–. Nunca.

–¿Quieres hacerme creer que anoche fue tu primera vez?

Caroline se puso tensa.

–Actúas como si todo esto fuera culpa mía, pero,

¿qué me dices de ti? Tú formabas parte del juego. Me pagaste por interpretar un papel.

Lucas apretó las mandíbulas. Tenía razón. Le había pagado para que fingiera ser su amante. En cuanto a lo que sucedió después… ahí también había interpretado un papel.

Irse a la cama con desconocidos era su profesión. Era una chica de compañía. Una prostituta. Una mujer que se vendía a los hombres por dinero. Y él había pensado aunque sólo fuera durante un instante que entre ellos había sucedido algo especial.

Una oleada de furia le atravesó la sangre. Quería dar un puñetazo contra la pared, agarrar a Caroline Hamilton y sacudirla como si fuera una muñeca de trapo.

Pero lo que hizo fue sacar una libreta y una pluma de oro, rellenar dos cheques y darle uno a Dani Sinclair. Ella lo miró y luego lo miró a él.

–Pagada con creces –dijo Lucas con frialdad.

–Sin duda, señor Vieira –Dani sonrió–. Lucas.

–Llámame señor Vieira –dijo con más frialdad todavía pasándole el segundo cheque a Caroline.

–¿Qué es esto? –preguntó ella asombrada.

–Es lo que te debo por anoche.

Caroline se sonrojó.

–No me debes nada.

–Por supuesto que sí –aseguró él con impaciencia–. Le dije a Gordon que te pagaría mil dólares.

–No –Caroline negó con la cabeza y dio un paso atrás sin apartar los ojos del cheque que Lucas tenía en la mano–. No me debes nada.

–¡Acepta el maldito cheque!

–No lo quiero.

–Yo nunca incumplo un trato –le arrojó el cheque–. Tómalo.

–Lucas –a Caroline le tembló la voz–. No sé qué estás pensando, pero…

–Necesitas el dinero, ¿recuerdas? –afirmó él con frialdad–. Y yo desde luego recibí de ti todo lo que necesitaba.

Caroline no se movió. Su rostro palideció completamente. Las lágrimas le asomaron a los ojos. Algo dentro de él pareció romperse. Quería estrecharla entre sus brazos, besarla para que dejara de llorar.

Dios, era una actriz consumada. Pero a él no volvería a engañarle.

La agarró de la muñeca y la atrajo hacia sí. Inclinó la cabeza y la besó con la suficiente fuerza para hacerla gemir. Caroline alzó el puño y le golpeó en el hombro… pero luego aflojó la tensión y abrió los labios bajo los suyos.

Lucas maldijo.

Luego la apartó de sí, dejó que el cheque cayera al suelo y se marchó de allí.

Capítulo 6

LUCAS sabía que estaba en un peligroso estado mental.

Caroline Hamilton le había mentido, no sólo respecto a quién era, sino a *qué* era. La idea de habérsela llevado a la cama le ponía furioso.

Sabía que no tenía sentido regresar a la oficina. Sería un error tomar decisiones o incluso tratar con gente cuando estaba tratando de mantener la ira bajo control. Tenía que liberarse de aquella energía físicamente. Le iría bien ir al gimnasio.

Una hora más tarde estaba sudado y jadeaba, pero su humor seguía siendo el mismo.

«De acuerdo», pensó mientras se duchaba. Sólo había una manera de enfrentarse a aquello. No iba a permitir que una mentirosa ocupara su mente.

Tenía muchos números en la agenda, mujeres que conocía y que estarían encantadas de recibir una llamada suya.

En cuestión de minutos llenaría el fin de semana con suficiente variedad para borrar para siempre el recuerdo de Caroline Hamilton.

Se marchó a casa, se afeitó, se cambió, llamó a un restaurante en el que había una lista de espera de un mes y en el que por supuesto consiguió mesa para las ocho en punto y se preparó para disfrutar de una morena que lo recibió con una gran sonrisa.

Dos horas más tarde dijo que tenía una reunión al día siguiente muy temprano y la llevó a casa.

–Lo he pasado muy bien –susurró ella.

Pero Lucas sabía que era mentira. Había sido la peor de las compañías: silencioso, serio, apurando a toda prisa una cena que tendría que haber durado tres horas.

–Yo también.

«Mentiroso», se dijo. Pero no tan mentiroso como Caroline Hamilton.

Regresó el sábado al gimnasio, jugó un par de horas al squash, levantó pesas, corrió por Central Park. Por la noche, en lugar de limitarse a enviar un cheque para un acto benéfico, asistió en compañía de una pelirroja de sonrisa contagiosa y piernas interminables. Después se la llevó a cenar algo porque sabía que era lo que debía hacer, pero cuando ella le tomó la mano y dijo que vivía muy cerca y que la noche acababa de empezar, Lucas volvió a decir que tenía una reunión a primera hora de la mañana y la dejó en la puerta de su casa con un apretón de manos.

¡Con un apretón de manos!

Se hizo una promesa. Lo haría mucho mejor al día siguiente. Había quedado para comer con una impresionante actriz de Broadway.

Pero fue todavía peor.

–No eres tú –contestó cuando ella le preguntó qué le pasaba–. Soy yo –aseguró levantándose y saliendo de allí.

Ya había tenido bastante.

Volvió a casa, hizo la maleta, telefoneó a su piloto y se dirigió a Cape Cod. Un banquero que conocía tenía una casa de fin de semana en la playa y su mujer y él iban a celebrar una gran fiesta. Le habían invitado, pero él había rechazado la invitación.

–Si cambias de opinión, vente –le había dicho el banquero.

Bueno, pues había cambiado de opinión.

Bebió un vino excelente, comió langosta a la plancha, coqueteó con dos mujeres… y luego se disculpó y se fue a dar solo un largo paseo por la playa.

No hacía un día muy bueno. El mar tenía el color del estaño, había olas altas y el cielo estaba sombrío. A Lucas le parecía muy bien. Iba acorde con su estado de ánimo.

¿Por qué diablos no podía dejar de pensar en Caroline? La despreciaba, despreciaba lo que era. ¿Y qué si era hermosa? Había tenido la oportunidad de estar con mujeres igual de hermosas en los dos últimas días y se había alejado de todas ellas. No había fingido interés en su conversación ni se había reído de sus bromas, y desde luego no había querido llevarse a ninguna a la cama.

Y sin embargo, sabía que si Caroline se materializara delante de él en aquel momento, tan dispuesta y entregada como había estado la otra noche, le quitaría la ropa, la tomaría entre sus brazos, la tumbaría en la arena y entraría en ella.

–Maldición –murmuró.

Todo había sido una farsa. Todo lo que Caroline había hecho fue una mentira. Aquellos sonidos, los gemidos, volverle loco de deseo y de pasión… en eso consistía su profesión. En intercambiar sexo por dinero.

El cielo pasó de gris a color carbón. Los relámpagos brillaron sobre el Atlántico; la lluvia comenzó a caer con fuerza. Regresó a la fiesta, se rió con los demás al verse empapado, tomó un taxi al aeropuerto y volvió a casa.

El lunes por la mañana, las cosas estaban mejor.

Se levantó sintiéndose otra vez él mismo. Su secretaria habitual había regresado. El café sabía como debía saber. Jack Gordon era historia. Seis meses de sueldo y ninguna carta de recomendación.

Caroline Hamilton se había convertido en un recuerdo sin importancia. Tenía reuniones hasta mediodía, luego comería algo rápido en su escritorio.

A la una, en medio de una compleja conversación con su abogado para rematar los detalles del acuerdo con Rostov, todo se vino abajo.

Nada había cambiado. ¿Por qué se había convencido de que sí? Había llenado su día con trabajo suficiente para tener a seis hombres ocupados, y por eso no se había puesto a mirar por la ventana. Gordon era un gusano intrigante. Merecía que le hubiera echado. Pero, ¿qué precio había pagado Caroline? Le había mentido. La escena en el apartamento de Dani Sinclair, su ira al arrojar aquel cheque, no había servido para resolver la situación.

Y eso era lo que tenía que hacer. Resolver la situación. Borrar el recuerdo de sus mentiras. La pregunta era, ¿cómo?

—Lucas —le estaba diciendo su abogado—. ¿Lucas? ¿Sigues aquí?

Lucas aspiró con fuerza el aire.

—Sí, estoy aquí, pero ha ocurrido algo —se detuvo un instante—. Ted, si necesitara un detective…

—Puedo recomendarte uno —el abogado le dio un nombre y un número de teléfono—. ¿Puedo ayudarte en algo?

Lucas forzó una risita.

—No, no es nada importante.

Y una porra que no.

Colgó el teléfono y se puso de pie. La única manera de dejar atrás aquello era enfrentándose a Caroline, decirle lo que pensaba de ella, decirle…

¿Cómo iba a saber qué decirle? Cuando la viera le saldrían las palabras adecuadas.

Un par de horas más tarde tenía más información de la que necesitaba. Lo único que quería era la dirección de Caroline. Ahora sabía que tenía veinticuatro años, que había nacido en un pueblecito del estado de Nueva York, que era licenciada en francés y ahora estaba haciendo un master en ruso y estudios eslavos.

El detective no había averiguado lo demás, que tenía unos ingresos extra, pero Lucas ya contaba con ello. Caroline era lista. Ocultaría cuidadosamente su ocupación, si es que podía llamarse así,

Su dirección no supuso ninguna sorpresa. Vivía en uno de esos barrios de Manhattan que habían pasado de proveer refugio a quienes apenas tenían para vivir a convertirse en el lugar de moda de aquéllos que tenían más dinero del que necesitaban. Lucas había estado en un par de fiestas en Hell's Kitchen, y sabía cómo sería la casa de Caroline. Un dúplex luminoso en lo que antaño fue una corrala. Un loft reconvertido allí donde antes hubo un almacén. Mucha madera, ladrillo visto, muebles incómodos y arte indescifrable. Caro, pero eso no suponía un problema para una estudiante que se ganaba la vida con la profesión más antigua del mundo.

Lucas estuvo a punto de soltar una carcajada amarga cuando salió de la oficina. Él, que nunca en su vida había pagado por mantener relaciones sexuales, que nunca había estado con una mujer por otro motivo que no fuera por su deseo mutuo, había contratado sus servicios.

El tráfico era un desastre. Ni pensar en tomar un taxi. Andar era más rápido, y hacía que siguiera en movimiento, que era lo que necesitaba en aquel momento.

Las calles fueron cambiando gradualmente, pasaron de ser comerciales a ser residenciales, hasta que finalmente se encontró en el barrio de Caroline, en su calle.

No era lo que esperaba. Un puñado de calles no habían pasado de estar descuidadas a convertirse en *chics*. Y ésta era una de ellas.

En la entrada había cubos de basura rebosantes. Nombres de bandas callejeras y símbolos adornaban las paredes llenas de grafitis. Todos los edificios parecían sucios, y el de Caroline en particular. Había un coche de policía aparcado delante.

La puerta del edificio no estaba cerrada con llave. Lucas apretó los labios. Las puertas abiertas en un lugar como aquél eran una invitación a los problemas. El portal olía mal. A suciedad, comida y algo que no supo identificar, pero que apestaba.

Pero no era su problema.

A la izquierda había un panel con botones y etiquetas. En el apartamento 3G se leía: *C. Hamilton.*

Al menos Caroline había tenido el sentido común de no escribir su nombre completo. Lucas pensó en las mujeres con las que había salido durante el fin de semana. Todas vivían en edificios con cámaras de seguridad, cerraduras y porteros que parecían luchadores retirados.

Pero una vez más, la seguridad de Caroline o su falta de ella no era problema suyo. Sólo le llamaba la atención que una mujer inteligente como ella viviera en un lugar así. No podía ser una cuestión de dinero, teniendo en cuenta el modo en que se ganaba la vida.

Lucas frunció el ceño y subió por las desvencijadas escaleras hasta llegar el tercer piso. El apartamento 3G estaba justo delante. Experimentó una extraña sensación de incomodidad.

Algo no iba bien.

El coche de policía en la entrada. El antinatural silencio del viejo edificio, roto únicamente por la puerta de la casa de al lado al abrirse un centímetro para volver a cerrarse al instante.

Lucas apretó el timbre del apartamento de Caroline y luego golpeó la puerta con el puño.

–¿Caroline? –tiró del picaporte y lo agitó–. Maldición, Caroline…

La puerta se abrió. Ella estaba allí de pie en chándal, sin maquillaje, con el rostro pálido, los ojos rojos, el pelo húmedo y despeinado cayéndole sobre los hombros.

–Madre de Dios –dijo Lucas con voz ronca–. ¿Qué ocurre?

–Lucas –susurró ella–. Lucas…

Cualquier pensamiento lógico, toda la rabia, todos sus deseos de amarga venganza desaparecieron de su mente. Abrió los brazos y Caroline corrió a refugiarse en ellos.

Lucas la estrechó contra su corazón y le susurró palabras tranquilizadoras en portugués. Ella temblaba.

–Caroline, cariño, *que aconteceu*? ¿Qué ha pasado?

–Un hombre –dijo ella–. Un hombre…

–Disculpe, señor.

Lucas la colocó detrás de él al escuchar una voz masculina. Todos los músculos de su cuerpo se pusieron en alerta, pero el dueño de la voz era un policía de uniforme que estaba saliendo de la puerta que había a la izquierda. Un agente más bajito salió detrás de él.

Eran los policías del coche patrulla. A Lucas se le heló la sangre en las venas.

–¿Qué ha pasado aquí? –quiso saber.

El primer policía dio un paso adelante.

–Señor, identifíquese, por favor.

Lo que él quería hacer era tomar a Caroline en brazos, sacarla de aquel lugar y volver atrás en el tiempo para que fuera otra vez jueves por la noche y estuviera a salvo en su cama.

–¿Señor?

Lucas asintió y atrajo a Caroline hacia sí.

–Soy Lucas Vieira. Y le he hecho una pregunta.

–¿Es usted amigo de la señorita Hamilton, señor Vieira?

Caroline hundió el rostro en su hombro. Lucas volvió a asentir.

–Soy un buen amigo de la señorita Hamilton, agente.

–¿Y ha venido aquí para…?

–No pienso responder a más preguntas hasta que me diga qué ha sucedido.

–Alguien ha entrado en el apartamento de la señorita Hamilton.

El otro policía se echó a un lado y dejó al descubierto lo que antes era una ventana y ahora era un marco vacío que daba a la oxidada escalera de incendios. Había trozos de vidrio en el suelo.

A Lucas se le nubló la visión y experimentó una ira como nunca antes había sentido.

–Caroline –la sujetó de los hombros y miró su rostro pálido–. Dime quién ha hecho esto.

Ella negó con la cabeza.

–Nunca había visto a ese hombre.

–¿Qué te ha hecho?

Caroline no respondió y él supo que estaba a punto de perder completamente el control.

–Cariño, ¿te ha hecho daño?

Ella dejó escapar un trémulo y largo suspiro.

–No.

–¿Estás segura? Porque si te ha hecho algo…

–No. No me ha tocado. Grité y… y…

Caroline contuvo el aliento. Tenía el rostro girado hacia el suyo y los labios entreabiertos. Lucas resistió el deseo de estrecharla contra su pecho y besarla para espantar el terror de sus ojos.

–Estaba… estaba saliendo de la ducha. Me pareció escuchar que algo se rompía. Cristal. En la cocina –señaló un horno y una nevera que parecían sacados de una *favela* de Río de Janeiro–. Así que salí del baño. Esperaba ver un vaso roto en el suelo, ya sabes, algo que hubiera tirado el gato…

–¿Qué ocurrió, Caroline?

–Vi los vidrios rotos en el suelo. Y vi al hombre. Estaba entrando por la ventana. Grité. Y debí gritar muy fuerte, porque el señor Witkin, que vive en la puerta de al lado, empezó a dar golpes en la pared como hace cuando pongo la música demasiado alta, pero no lo hago, nunca pongo la música alta…

Empezó a llorar. Sin hacer ruido, con los hombros temblando, lo que transformó la ira de Lucas en miedo helado. Volvió a estrecharla entre sus brazos.

–El intruso se marchó. La señorita Hamilton llamó a la policía –dijo el agente más alto.

–Los agentes llegaron enseguida –susurró Caroline.

Lucas miró a los policías.

–Gracias –dijo de corazón–. Gracias por todo.

Ambos hombres asintieron.

–Ojalá hubiéramos podido atrapar a ese hombre. Desde hace dos semanas se han sucedido varios atracos en esta calle –dijo el policía bajito–. Es el mismo modus operandi. Un tipo rompe la ventana, entra y se lleva todo lo que no está clavado al suelo.

–Últimamente ha arriesgado más –intervino el otro agente clavando la mirada en Caroline, que temblaba en brazos de Lucas–. Escoge apartamentos en los que viven mujeres solas…

Se detuvo. Estaba claro que había algo más, pero no iba a decirlo.

–Será mejor que la dama arregle esa ventana –dijo el agente bajito–. Que ponga un candado. Las ventanas que dan a las salidas de incendios son peligrosas.

–Sí –respondió Lucas aclarándose la garganta–. ¿Han terminado de hablar con la señorita Hamilton?

Los policías asintieron.

–Tal vez necesitemos hablar con ella de nuevo, pero por ahora…

Lucas soltó a Caroline, sacó una tarjeta de visita y una pluma y escribió su dirección en ella antes de dársela.

–Pueden encontrar a la señorita Hamilton en esta dirección si la necesitan –aseguró.

–No –se apresuró a intervenir Caroline–. Pueden encontrarme aquí mismo. Arreglaré la ventana y…

–La señorita Hamilton se quedará conmigo –insistió él–. Permítanme que les acompañe, agentes –dijo educadamente como si hubiera un recibidor en lugar de una puerta.

Estrechó la mano de ambos agentes y vio cómo bajaban las escaleras. Luego cerró la puerta, aspiró con fuerza el aire y se giró hacia Caroline mientras se repetía que debía guardar la calma. Sabía que iba a discutir sobre lo de irse con él, pero no había nada que decir.

¿Qué clase de sinsentido era aquél? Había ido allí para ponerle las cosas claras. Pero no había encontrado a una Caroline desafiante, sino a una frágil. Aunque eso no había cambiado nada. Por supuesto que no. No sentía nada hacia ella. Sólo estaba haciendo lo que haría cualquier hombre decente cuando viera a una mujer en apuros.

–De acuerdo –dijo con tono neutro–. Esto es lo que vamos a hacer. Mete algunas cosas en una bolsa, sólo lo que crees que vas a necesitar a corto plazo.

–Gracias por preocuparte, eres muy amable, pero...

–Mi chófer recogerá el resto.

Caroline estiró la espina dorsal.

–No me estás escuchando. Agradezco la oferta, pero...

–No es una oferta. Es lo que vas a hacer.

Caroline lo miró. El color había regresado a su rostro.

–Si decidiera irme –dijo con voz pausada–, me quedaría en casa de alguna amigo.

–¿Qué amigo?

–No lo sé. Alguno. No es tu problema.

Tenía razón. Lo que le pasara no era problema suyo. ¿No era eso lo que se había estado diciendo durante la última hora?

–¿Qué amigo? –se oyó repetir.

–Ya te he dicho que...

–¿Jack Gordon?

–Ya te he dicho que no conozco a ningún Jack Gordon.

–¿Con Dani Sinclair, entonces?

Los ojos de Caroline echaron chispas.

–Dani y yo somos compañeras de master. No es mi amiga.

No, pensó Lucas con frialdad. Esa tal Sinclair era su socia en el negocio. Pero no era el momento de hablar de aquello.

–Entonces, ¿con qué amigo vas a quedarte?

–Adiós, Lucas.

–¿Adiós? –Lucas se acercó a ella–. Unos minutos atrás estabas tan contenta de verme que te arrojaste a mis brazos.

–Unos minutos atrás, las únicas personas a las que había visto en todo el día eran dos policías y un ladrón –aseguró poniéndose rígida–. Me hubiera lanzado en brazos de cualquiera que hubiera entrado por esa puerta.

–Menudo piropo, querida. Me siento halagado.

Caroline se cruzó de brazos. Él hizo lo mismo.

–Una vez más –dijo ella–, gracias, pero…

–Vas a venir conmigo, Caroline –Lucas sonrió con firmeza.

–Oh, por el amor de Dios –se acercó a él con la barbilla alzada y le puso un dedo en el pecho–. Escúcheme, señor Vieira, yo tomo mis propias decisiones, ¿entendido? Y no voy a ir a ninguna parte con usted.

–Tú decides –respondió Lucas con voz pausada–. O vas por tu propio pie o te cargo al hombro.

Ella se le quedó mirando fijamente con furia.

–Maldito seas, Lucas Vieira.

–Vale, maldito sea, pero te vienes conmigo, Caroline. Lo único que puedes decidir es cómo.

Caroline lo miraba con tal gesto de desafío, que a pesar de todo Lucas sintió deseos de echarse a reír.

–De acuerdo –murmuró ella entre dientes–. Iré. Pero sólo una noche. Te lo advierto, no estoy interesado en dejarte que…

–¿Dejarme qué? –preguntó Lucas acercándose, estrechándola entre sus brazos y besándola del modo que había deseado hacerlo desde que entró por la puerta.

Caroline se puso tensa. Luego exhaló un pequeño suspiro y se inclinó sobre él.

–¡Ay!

Unos cuchillos afilados se clavaron en la pierna de Lucas. Dio un salto atrás, miró hacia abajo y vio una cosa esquelética del tamaño de un perro agarrada a su pierna.

Caroline también miró hacia abajo… y se rió.

–¡Oh, Dios mío, Oliver! –se inclinó, agarró a la criatura en brazos y se incorporó.

Un gato enorme, escuálido y espantosamente feo lo miró con sus malévolos ojos amarillos.

–¿Qué es esto? –preguntó Lucas.

–Es Oliver, mi gato –Caroline hundió el rostro en el pelo del animal–. Pobrecito. Está aterrorizado.

–Y por supuesto, no querrás dejarlo aquí…

Caroline entornó los ojos.

–Oliver viene conmigo, o yo me quedo aquí.

–Maldita sea, mujer…

–¿Y por qué estás aquí, además? –ella alzó la barbilla–. La última vez que te vi en el apartamento de Dani fue suficiente para mí.

–Eso no tiene nada que ver con esto.

–¡Claro que sí! Actuaste como si… como si yo no fuera nada, y ahora juegas a ser el caballero que viene a rescatar a una dama en apuros.

–Mira, tal vez la última vez exageré, ¿de acuerdo?

Diablos, tal vez sí. Había contratado a Caroline para un trabajo. Y ella lo había hecho bien. Si había alguien a quien culpar era a Jack Gordon por no haberle dicho directamente que Caroline era… que era algo más que una traductora.

¿Y por qué estaba permitiendo que ella desviara la conversación?

—Muy bien —dijo con brusquedad—. Puedes traer al gato. Vamos, mete en una bolsa lo que necesites. Estoy harto de perder el tiempo.

Se quedaron mirándose el uno al otro fijamente. Entonces Caroline le pasó el gato.

—Vamos, agárralo. No puedo hacer el equipaje y sujetar a Oliver al mismo tiempo.

Aquel diablo flaco aterrizó sobre su pecho clavándole las garras en la chaqueta del traje. Lucas miró al gato. El gato lo miró a él. Emitió un sonido diabólico.

En un último intento de cordura, Lucas se agarró a algo que le parecía razonable.

—No sé si en mi edificio se permiten mascotas.

Caroline se rió. Lucas no podía culparla. Sabía tan bien como ella que tanto si se permitían como si no, a él le daría lo mismo. Lo que pasaba era que no entendía por qué la gente tenía mascotas. Encariñarse con un ser que terminaba muriendo o marchándose. Pero no había tiempo para explicar su filosofía.

—Vamos, haz el equipaje —le pidió.

Caroline se dio la vuelta y entró en la habitación. Lucas mantuvo sujeto con un brazo al gato, que volvió a emitir aquel sonido gutural.

—No tientes tu suerte, gato —dijo en voz baja.

Entonces llamó a su chófer para que les recogiera en la entrada. Cuando colgó, Caroline salió del dormitorio con una bolsa de viaje bajo un brazo y un planta en el otro.

—Es un helecho —dijo fríamente antes de que Lucas comentara nada—. Y sí, también se viene conmigo. Necesita cuidados —pasó por delante de él y se las arregló para abrir la puerta–. Tal vez te resulte difícil de entender, pero no soy partidaria de dejar que los seres vivos sufran.

Lucas fue tras ella mientras el gato trataba de recuperar la libertad arañándole la chaqueta, la camisa y también la piel. Y no pudo evitar preguntarse si aquella filosofía sería también aplicable a él.

Capítulo 7

UN ático de treinta y dos millones de dólares. Un lugar que podría salir en las páginas de las más prestigiosas publicaciones de arquitectura si Lucas no fuera tan celoso de su privacidad.

En las paredes, una mezcla ecléctica de grabados de madera japoneses y un magnífico óleo de Edward Hopper. En los suelos, alfombras persas antiguas sobre la madera de palosanto brasileña. En las doce habitaciones llenas de luz, techos altos, muebles color cereza, sofás de seda blanca y flores frescas en los jarrones de diseño.

Ahora se habían añadido dos piezas nuevas. El helecho que parecía un resto del pleistoceno estaba en la habitación de invitados. Caroline había subido las escaleras con él tras haber acomodado a Oliver. Lucas se había ofrecido a llevarlo, pero ella lo rechazó.

—Soy perfectamente capaz de hacerlo yo misma —le había dicho con frialdad.

Ahora el helecho y ella estaban fueran de su vista.

No así un cajón de gato rojo brillante que habían comprado de camino. Estaba en el elegante lavabo de abajo. Tenía tapa, por supuesto, pero no servía para disimular su propósito. Y menos ahora que Oliver acababa de entrar en él.

Lucas se dio la vuelta y miró por la pared de cristal del salón hacia Central Park, cuyas luces empezaban a encenderse. Se preguntó cómo era posible que un hombre que estaba tan dispuesto a enfrentarse a la mujer que le había mentido, hubiera terminado en aquella situación.

Caroline era una mentirosa. El hecho de que viviera al borde de la pobreza y que cuidara de una planta moribunda y un gato callejero no cambiaba nada.

No podía cambiarlo.

Era lo que era, y él nunca podría aceptarlo. Aunque tampoco tenía por qué hacerlo. Ni tampoco tenía que gustarle el hecho de que Caroline estuviera allí con su planta y su gato, volviendo su vida del revés.

Lucas se apartó de la ventana, recorrió el salón y fue encendiendo todas las lámparas hasta que todo el espacio brilló como una hoguera. Luego se quedó quieto, echó la cabeza hacia atrás y miró hacia el techo.

–Diablos –murmuró.

Entonces entró en su estudio, cerró la puerta y se dejó caer en la butaca de cuero.

En la oscuridad.

La verdad, y a él le gustaba ser sincero, era que él era el único culpable de aquel lío.

Caroline estaba en su vida porque él la había contratado para que interpretara un papel. Estaba en su casa porque él había insistido. ¿Qué clase de hombre dejaría a una mujer, a cualquier mujer, en un lugar con puertas que no se cerraban y con un intruso que podría decidir volver de nuevo de visita?

Sí, había ido a su apartamento a enfrentarse a ella, pero, ¿cómo podría haberlo hecho cuando se lanzó a sus brazos temblando y susurrando su nombre?

Lucas se puso de pie, metió las manos en los bolsillos y comenzó a recorrer la estancia. Había hecho lo correcto. Lo único correcto. Pero tenía los pies en el suelo. No iba a hundirse más. Sabía exactamente cómo manejar las cosas cuando la vida amenazaba con darte la vuelta. Examinar las cosas con lógica. Determinar cuál era el problema y encontrar la solución.

Eso se le daba bien.

Mejor que bien.

Era la razón por la que había llegado tan lejos.

Aquellos instantes de pensamiento racional habían bastado para aclarar la situación.

Conocía a los mejores agentes inmobiliarios. Una llamada de teléfono y el problema quedaría resuelto. Caroline seguramente diría que no podía permitirse lo que le encontrara el agente, y él no discutiría. No iba a preguntarle a una mujer que se ganaba la vida vendiendo su cuerpo en qué se gastaba todo su dinero...

Recordó que le había dicho que quinientos dólares era mucho dinero y que los necesitaba. Y que nunca había hecho nada parecido con anterioridad. Tal vez fuera cierto. Tal vez la noche que había pasado con él había sido la primera vez que le puso precio al sexo...

Lucas torció el gesto. ¿Qué más daba eso? Sus finanzas eran asunto suyo. No quería saber nada de ellas, ni tampoco de Caroline. Le pagaría un par de meses de alquiler por adelantado. Qué diablos, le pagaría un año entero, y ahí terminaría todo.

Lucas sacó la agenda del escritorio, la abrió y buscó un agente inmobiliario con el que había tenido trato en el pasado. Era tarde, pero, ¿qué más daba? Poder llamar a alguien a cualquier hora era uno de los privilegios de tener poder y dinero.

La llamada fue breve. Quería un apartamento para una amiga. En Madison Square o en Central Park, o por ahí cerca. De una habitación. Un edificio con portero, por supuesto. Y con sistema de seguridad. El precio no suponía ningún problema.

Colgó y se sintió aliviado.

Decidió no mencionárselo a Caroline hasta que el trato estuviera cerrado. Se levantó y volvió a recorrer la habitación.

El tiempo fue pasando. Escuchó por si oía algún sonido arriba. Nada. Había una mujer en su casa, pero parecía que estuviera solo. Mejor así.

Pero Caroline estaba allí. ¿No pensaba bajar y decir algo? ¿O comer algo? Él estaba hambriento. No había tomado nada excepto un café, y eso fue hacía horas. Ella debía tener hambre también.

¿Estaría esperando una invitación? Tal vez sí. Tal vez esperaba que llamara a su puerta y la invitara a cenar.

O podría llevarla a cenar fuera. Había un restaurante pequeño y tranquilo situado un par de manzanas más abajo. Era muy íntimo. Velas en las mesas. Sólo había estado una vez allí, con Elin, pero a ella no le había gustado.

–Nunca había oído hablar de este sitio –había dicho con disimulado desdén–. Y no veo a nadie conocido.

Lucas sospechaba que Caroline no diría algo ni remotamente parecido. Si su amante la llevaba a un restaurante débilmente iluminado, lo único que le interesaría sería la cara de su amante.

Lucas gruñó. ¿Qué importaba lo que ella diría o dejara de decir? Además, pensó con frialdad, la palabra «amante» no tenía excesivo significado en su vida. Haría y diría todo lo que los hombres querían que hiciese. Eso era lo que había hecho la otra noche, ¿verdad? Empezando por el vestíbulo del hotel, siguiendo por la cena… y terminando en su cama.

¡Diablos! ¿Cuántas veces iba a volver a pensar en aquella tontería? Ya era suficiente, pensó dirigiéndose a la cocina. Que comiera o dejara de comer era asunto suyo. Pero él tenía hambre.

Era el día libre de su asistenta. Daba igual. Siempre había envases marcados con comida para calentar en el congelador, huevos y beicon, y mejor todavía, los menús de los restaurantes con comida para llevar en el cajón de la mesa de la cocina.

Lucas abrió la puerta de la nevera, sacó un botellín de cerveza… y el gato salió de la oscuridad enredándose entre sus piernas. No se supo cuál de los dos se llevó un susto mayor, pero Lucas era el que estaba sujetando la cerveza. Se le cayó y se estrelló contra el suelo.

Dio un paso atrás, pero ya era demasiado tarde. La cerveza fría le había mojado los zapatos y el bajo de los pantalones, había salpicado la puerta de acero de la nevera y las inmaculadas paredes blancas. Lucas observó el desastre y luego alzó los brazos, apretando los puños hacia el cielo.

—Hasta aquí hemos llegado –gritó–. Ya he tenido suficiente. ¡Más que suficiente!

—¿Qué ha pasado?

Se encendieron las luces de la cocina. Lucas se dio la vuelta y vio a Caroline en el umbral. Seguía vestida con el chándal, tenía el pelo aplastado a un lado y los ojos somnolientos. Con sólo mirarla supo que hasta entonces estaba dormida.

Dormida mientras la vida de Lucas estaba del revés. Mientras él caminaba de puntillas por su propia casa como un extraño, mientras se enfrentaba a un gato psicópata, mientras perdía el tiempo tratando de imaginar cómo un hombre normal y corriente podía haberse visto envuelto en una situación así.

Caroline ya no estaba guapa, le hacía falta cepillarse el pelo, ponerse algo de maquillaje y ropa decente.

Entonces, ¿por qué deseaba estrecharla entre sus brazos y besarla hasta dejarla sin aliento?

Ella miró hacia los cristales rotos y luego hacia su rostro.

—Oh, ¿ha sido Oliver? —tragó saliva—. Lucas, no es culpa suya. Está asustado por…

—¿Es la única criatura viva que te importa?

Caroline estaba pálida. Aterrorizada. Podía verlo en sus ojos, pero no le importaba. Él también estaba asustado. Le daba miedo volverse loco, porque sin duda eso era lo que le estaba ocurriendo.

—Por favor, dime qué ha pasado.

—Te diré lo que pasado —le espetó él.

La ira era una emoción que comprendía bien, y sin duda ya no entendía muchas más cosas. Se dirigió hacia ella pisando los cristales con los zapatos y se detuvo a un centímetro.

—Te contraté para que hicieras de traductora para mí, y tú… tú…

—¿Yo qué? —preguntó ella asombrada.

—Tú… tú —Lucas le agarró los hombros—. Maldita sea, Caroline —gruñó estrechándola entre sus brazos y besándola.

La besó con pasión. Con fuerza. La besó una y otra vez sujetándole el rostro entre sus grandes manos, hundiéndole la lengua entre los labios, forzando los besos…

Hasta que se dio cuenta de que no era así. Caroline le estaba devolviendo los besos.

Tenía los labios entreabiertos. Las manos agarradas a su camisa. Estaba de puntillas, y de su garganta surgían unos pequeños gemidos excitados.

—Lucas —susurró contra su boca—. Lucas…

Él gimió, le agarró el trasero y la apretó con ansia

contra su cuerpo. Caroline contuvo el aliento y se frotó contra él.

–No podemos hacer esto –susurró.

–Sí podemos. Tenemos que hacerlo.

–No. No está bien…

–Entonces dime que pare. Dilo y te dejaré ir.

–Para –dijo Caroline.

Pero su cuerpo estaba apretado contra el suyo, su cálida boca abierta a la de él. Lucas le agarró las muñecas.

–Te deseo. Te deseo más de lo que he deseado nunca a ninguna mujer. Y tiene que ser lo mismo para ti, ¿lo has entendido? Tienes que desearme. A mí. A Lucas Vieira. Sin juegos ni farsas. Porque si para ti no es así…

–Es exactamente así –dijo ella.

Lucas la tomó en brazos y subió con ella escaleras arriba hasta su dormitorio. Hasta su cama.

Le temblaban las manos y el cuerpo.

Deseaba tomarla como debió haber hecho la primera vez que estuvieron juntos.

Pero no podía esperar. El deseo que sentía resultaba casi insoportable. Pero utilizó el poco control que le quedaba para tratar de hacerle entender lo que iba a suceder.

–Escúchame –dijo con voz ronca–. Quiero hacerte el amor muy despacio. Quiero acariciarte hasta oírte suplicar –le deslizó la mano bajo el chándal, le cubrió un seno y le acarició el pezón hasta que ella gritó y se arqueó contra él–. Pero no puedo. Ahora no. ¿Lo entiendes? Te deseo muchísimo.

–Maldición –dijo Caroline–. Maldición, Lucas… –le apartó la mano. Se sentó. Se sacó la parte de arriba del chándal por la cabeza. Se quitó los pantalones.

Llevaba un sujetador de algodón blanco. Braguitas de algodón blancas. Nada exótico, nada de seda ni encaje. Sólo ella, justo lo que Lucas deseaba.

Le dijo en portugués lo hermosa que era, lo mucho que la deseaba, y mientras lo hacía se quitó la ropa y le quitó a ella lo que quedaba.

Caroline se tumbó boca arriba. Se entregó a él. A su boca. A sus manos. A su cuerpo. Se le oscurecieron los ojos, se le aceleró la respiración, su nombre se le escapó de entre los labios, su piel sudada se encontró con la suya y el extremo de su henchido pene se frotó contra ella.

—Caroline —dijo con urgencia entrando en ella.

Caroline gritó. No con dolor, aunque estaba tan profundamente dentro de ella que durante un instante se preguntó si podría albergarlo entero.

Fue un grito de éxtasis. De plenitud. De conciencia al saber que había sido creada para aquello. Los músculos le temblaron, su cuerpo aceptó la exquisita intrusión.

—Lucas —sollozó—. Oh, Lucas…

Las lágrimas le resbalaron por las mejillas. Él se las secó a besos. Le besó la boca. Y luego empezó a poseerla, a llevarla hacia aquel lugar al que él y sólo él la había llevado con anterioridad.

Sus embates se hicieron más fuertes. Más exigentes. Posesivos. A Caroline le encantaba, le encantaba sentirse suya, saber que le pertenecía, que la estaba reclamando.

Y entonces dejó de pensar. La visión se le nubló. Caroline gritó, Lucas echó la cabeza hacia atrás y gimió, y ambos cruzaron juntos los límites del universo.

Capítulo 8

ESTABAN tumbados sobre la enorme cama, respirando agitadamente, piel con piel, el poderoso cuerpo de Lucas sobre el de Caroline.

El mundo fue recuperando lentamente la forma.

Caroline suspiró, giró la cabeza y lo besó en el hombro. Él murmuró algo que no comprendió, pero daba lo mismo, porque le bastaba con entender que estaba con él, sintiendo el latido de su corazón contra el suyo.

Lucas le besó la sien y se apartó un poco de ella.

–Esto ha sido –murmuró–. Ha sido…

–Sí –contestó Caroline–. Lo ha sido.

Él se rió y le besó el alborotado cabello.

–Siento que haya sido tan rápido, pero…

–Ha sido perfecto.

–Somos perfectos los dos –la corrigió–. Perfectos juntos.

A Caroline le bailó el corazón de alegría. Inclinó la cabeza y observó su rostro. Tenía un rostro hermoso y sexy. Sonrió, y Lucas le devolvió la sonrisa y la besó con tal ternura que se le formó un nudo en la garganta.

–¿De verdad estás bien? –le susurró él–. Porque sé que ha sido demasiado rápido…

–Lucas, ha sido maravilloso. Ha sido todo lo que yo… yo…

Él apoyó el peso del cuerpo sobre un codo.

–¿Todo lo que tú qué?

Caroline sintió cómo se sonrojaba.

—Todo lo que he soñado desde… desde…

—Desde aquella noche.

Ella asintió.

—Sí.

Lucas no dijo nada durante un largo instante. Luego le trazó la línea de los labios con la yema del dedo índice.

—Entonces, ¿por qué huiste de mí?

—No huí. Me marché.

—Huiste, Caroline. En mitad de la noche. Sin dejarme tu número de teléfono, sin dejarme nada más que unos recuerdos que no podía borrar.

Ella le puso la mano en la mejilla, sintió la aspereza de su barba incipiente. Lucas giró la cara y le besó la palma de la mano.

—Yo me llevé mis recuerdos conmigo —susurró ella.

Aquello le hizo sonreír.

—¿Sí?

A Caroline le encantó aquel «sí» cargado de arrogancia. No le gustaban los hombres arrogantes, eran el tipo de su madre, no el suyo. Pero Lucas era diferente. Su arrogancia formaba parte de él. No era una actuación encaminada a impresionar a los demás, era pura seguridad en sí mismo.

Y resultaba increíblemente sexy.

—Esta vez no vas a salir huyendo.

Ella lo miró a los ojos. Estaban más oscuros que nunca y le hicieron contener el aliento.

—¿No? —susurró.

—No —repitió Lucas.

Tenía razón. No iba a ir a ninguna parte. Aquella noche no. Enseguida llegaría el día siguiente, y con él la razón, pero ahora sólo existía aquello. La boca de

Lucas en la suya. El sabor de su lengua. Su mano sobre su seno, su pierna entre los muslos…

Caroline sonrió.

–¿Y cómo vas a detenerme? –murmuró.

Lucas se rió. Le levantó una pierna, se la subió a la cadera. Jugueteó con la plenitud de su erección contra su repentina humedad hasta que ella gimió.

Entonces la penetró con más fuerza. Más profundamente. Caroline se arqueó de placer.

–¿Te gusta? –preguntó él con voz ronca.

–Sí –Caroline le agarró el rostro entre las manos–. Sí, oh, sí.

–Bien. Porque a mí también me gusta. Me encanta sentirte dentro de mí. Abriéndote a mí.

–Por favor –susurró ella–. Lucas, por favor…

Él gruñó, se hundió más profundamente hasta que formaron un solo cuerpo sin principio ni fin. Y se la llevó con él al paraíso.

La despertó el gato.

–Miau –maulló Oliver, y Caroline suspiró.

Le había llamado así por el niño hambriento y maltratado de la novela de Dickens. Seguramente tenía hambre.

–De acuerdo –susurró acariciándole la oreja–. Voy.

Lucas estaba dormido a su lado con un brazo sobre sus hombros. Caroline se apartó lenta y cuidadosamente de él. Lucas se estiró dormido, murmuró algo en portugués y ella se quedó paralizada. No quería despertarlo.

Eso era lo que había sucedido aquella primera noche. Se había despertado de pronto en la oscuridad y con miedo de despertarlo, pero esto era diferente. Ahora no le daba miedo despertarlo, sólo quería que durmiera un poco más. Ni tampoco se había asombrado al encontrarse en su cama.

Bueno, un poco sí. Volver a acostarse con él era lo último que imaginaba que haría. Y eso que no había parado de pensar en Lucas, en cómo le hacía sentirse.

Pero venían de mundos muy distintos. El hecho de que esos mundos se hubieran encontrado había sido cosa del destino. Y luego, cuando el destino volvió a unirles en casa de Dani, Lucas estaba muy enfadado, muy frío con ella, como si hubiera hecho algo terrible. Sí, se había escapado de su cama aquella primera noche, pero sin duda eso no era suficiente para…

—Miau, miau, miau —maulló el gato con obvia impaciencia.

Caroline se puso de pie, improvisó un pareo con el cubrecama de seda y salió descalza de la habitación.

El gato se le enredó en los tobillos mientras bajaba las escaleras. Había suficiente luz para ver por dónde pisaba y recordó los cristales rotos de la cocina justo a tiempo de evitarlos.

Oliver también los evitó antes de saltar a la encimera de piedra blanca, desde donde observó a Caroline con sus ojos almendrados.

Lo primero era lo primero, pensó buscando la escoba y el recogedor en el armario y barriendo los cristales antes de tirarlos a la basura.

—Ahora ya no te cortarás —le dijo al gato, que respondió lamiéndose una pata.

Caroline vio que el cuenco del agua de Oliver estaba todavía lleno, pero lo vació, lo enjuagó y volvió a llenarlo. Como imaginaba, el cuenco de la comida estaba vacío.

—Lo siento, cariño —dijo sintiéndose culpable y llenándolo de galletitas.

–Miau –maulló el gato educadamente y bostezando.

Caroline sonrió y lo tomó en brazos.

–¿Te sentías solo, cariño? ¿Por eso me has desperta-do?

El gato ronroneó y cerró los ojos. Caroline le besó la cabeza, salió de la cocina y se dejó caer en la esquina de uno de los sofás blancos del salón.

–No pasa nada –dijo con dulzura–. Ahora ya estoy contigo. No volverás a sentirte solo.

Sintió como si Oliver se hiciera más pesado. Su ronroneo disminuyó. Se estaba durmiendo en sus brazos.

Caroline echó la cabeza hacia atrás. Así era como ella se había dormido en brazos de Lucas aquella primera noche. Se había sentido a salvo por primera vez en su vida.

Caroline dejó caer las pestañas. Lucas tenía razón, había huido. La realidad de lo que había hecho le resultaba demasiado vergonzosa. Y ahora había vuelto a hacerlo, se había ido a la cama con él aunque seguía siendo un desconocido, un desconocido que la confundía hasta lo inexplicable porque primero le hablaba con una furia tremenda en casa de Dani y luego acudía a su rescate, tranquilizando su miedo...

El frío le atravesó los huesos. ¿Sería después de todo como su madre?

Hacía años que no excavaba en aquellos recuerdos enterrados, pero ahora le cruzaron por la mente. Su madre en su pequeña casita de las afueras de la ciudad con un nuevo hombre. Su madre feliz y emocionada, convencida de que aquél era el definitivo.

Y unas semanas, o en ocasiones meses más tarde, las inevitables señales de que la aventura estaba tocando a su fin. Para el hombre, nunca para su madre. El príncipe azul de su madre se dejaba caer con menos frecuencia. Llamaba menos. Ponía excusas cuando su madre le invitaba a cenar.

Lo único bueno de aquellos momentos era que, durante un breve espacio de tiempo, Caroline tenía a su madre para ella. No tenía que fingir que quería ver la televisión cuando ella y su amante de turno salían, o todavía peor, desaparecían en el dormitorio de su madre.

Ocurría una y otra vez. Y sin embargo, cuando cada aventura llegaba a su predecible final, su madre siempre se quedaba destrozada. Sorprendida de haber sido rechazada. Caroline no. Aprendió a leer las señales cuando tenía ocho o nueve años. Al menos había aprendido algo de valor.

No había que tener una relación con un hombre que se creía el rey del mundo. No había que considerar el sexo como algo sin importancia. Y desde luego no había que entregarse completamente a un hombre. Nunca. Ya era bastante malo entregarle a un hombre tu cuerpo, pero nunca había que entregarle el corazón y el alma.

Caroline aspiró con fuerza el aire.

De acuerdo. Uno de tres no estaba tan mal. Tenía una relación con un hombre arrogante. Alguien podría pensar que no le daba importancia al sexo. Pero desde luego no le había entregado a Lucas nada más que su cuerpo. Su alma y su corazón estaban completamente a salvo.

—¿Caroline?

Se encendió una luz. Ella abrió los ojos. El gato bufó, saltó de su regazo y se marchó corriendo.

—¿Qué estás haciendo aquí sola en la oscuridad?

Lucas estaba en el centro del salón, desnudo de cintura para arriba y con un pantalón de chándal. Tenía el oscuro cabello revuelto, el rostro ensombrecido por aquella barba incipiente tan sexy.

El corazón le dio un vuelco.

Era muy guapo. Mucho más que guapo. El mero hecho de verle le borraba todas las dudas, le hacía pensar únicamente en cómo se sentía entre sus brazos.

—Creí que habías vuelto a dejarme —dijo acercándose a ella.

Se inclinó para besarla. Sus labios tomaron los suyos con afán de posesión.

—Esta vez hubiera ido detrás de ti —aseguró con voz ronca.

Caroline alzó la vista para mirarlo. Quería decir algo inteligente y sofisticado. Pero al final dijo lo que tenía en mente.

—Entonces… ¿por qué no lo hiciste la última vez?

Él asintió, como si le hubiera pedido que le explicara alguna compleja fórmula matemática.

—Lucas, ¿por qué no me fuiste a buscar?

Él volvió a asentir y se pasó la mano por el pelo. Era una excelente pregunta. ¿Por qué no había ido tras ella la mañana que salió de su cama?

En primer lugar, por ego. Las mujeres no le abandonaban a él. Ir tras ella habría ido en contra de su orgullo. Estúpido, pero así era.

Después, cuando Jack Gordon le habló más a fondo de Dani Sinclair, después de que hubiera sumado dos y dos y llegara a la conclusión de que Caroline era…

Si es que lo era. Pero… ¿cómo iba a decírselo? No podía explicarle: «No fui detrás de ti porque me mata pensar que estés con otros hombres. Porque soy demasiado orgulloso como para imaginarse siquiera en esa situación. Porque incluso ahora, una parte de mí se pregunta si estás actuando, si el sexo es una actuación para ti, si dijiste la verdad cuando aseguraste que la noche que estuviste conmigo fue la primera vez que te vendiste…».

Tenía que serlo, se dijo con firmeza. Una mujer que vivía del sexo no gritaría de asombro cuando le abrieran las piernas, buscaran el delicado punto que había entre ellas y lo sedujeran con la lengua. No se sonrojaría bajo la intensidad de su mirada cuando él se echara para atrás y le dijera que quería ver su rostro mientras le hacía el amor.

—Lucas, no fuiste detrás de mí y sin embargo hoy has insistido en que viniera a tu casa contigo —Caroline tragó saliva—. No tiene sentido.

No. No lo tenía. Lo único que Lucas sabía era que Caroline era suya. Que quería estar con ella. Se había dicho a sí mismo que iba a ir a su apartamento para poner fin a la situación, pero en realidad había ido a buscarla.

—Tal vez estemos buscando una lógica donde no la hay —aseguró él con dulzura tomándole de las manos para ayudarla a ponerse de pie—. Lo que importa es que he ido detrás de ti esta vez. Y ahora estamos juntos —sonrió al atraerla hacia sí con la esperanza de borrar la oscuridad de sus ojos—. Tú, yo y el gato que está sentado en una esquina planeando cómo librarse de mí.

Caroline se rió, como confiaba que haría.

—Entrará en razón, ya lo verás. No tardará más de un par de días. Para cuando me vaya de aquí…

—No te vas a ir.

—No, esta noche no. Quiero decir, cuando encuentre un apartamento…

Lucas se sentó en el sofá y la acomodó sobre su regazo.

—No hablemos de eso ahora —le pidió suavemente.

No. Ella tampoco quería hablar de ello.

—De acuerdo —sonrió—. Hablemos de ti.

Lucas pareció sobresaltarse.

–¿De mí?

–No sé nada de ti –Caroline volvió a sonreír–. Bueno, sé que sabes leer un menú escrito con hipérboles.

Lucas se rió.

–Es más difícil que leer ruso, ¿verdad?

–Desde luego –ella batió las pestañas–. *Mais monsieur, je peux lire un menu en français très bien.*

–Muy bien –Lucas sonrió y le deslizó los labios por los suyos–. Estoy impresionado.

Caroline suspiró.

–Yo también. No porque pueda hablar y leer francés y ruso, sino por haber tenido la oportunidad de aprender ambos idiomas.

–¿Qué quieres decir?

Ella se encogió ligeramente de hombros.

–Bueno, crecí en una ciudad pequeña. El típico sitio en el que tu vida está en cierto modo ya planeada –apoyó la cabeza sobre su hombro–. El hijo del banquero iba a ir a la universidad, volvería a casa y sería banquero. La hija del panadero estudiaría dos años repostería y…

–Volvería a casa para ser panadera.

Caroline dejó escapar una suave risa.

–Exactamente –le acarició la barba incipiente con un dedo–. En la ciudad había una fábrica de tractores de jardín. Mi madre trabajaba allí, en la cadena de ensamblaje. Cuando estaba en el instituto opté por la asignatura de francés. Y mi tutor me llamó a su despacho y me dijo que mejor escogiera cosmética porque el francés no me serviría de nada cuando me graduara y mi madre me consiguiera un empleo para trabajar con ella.

Lucas asintió en silencio mientras pensaba en ir a la ciudad natal de Caroline, encontrar a ese tutor y darle una buena paliza.

–Pero tú no tenías intención de trabajar en esa fábrica –dijo.

–Ni por un segundo. Yo quería algo… algo…

–¿Mejor?

–Algo más.

Lucas asintió.

–Así que le dijiste al tutor lo que podía hacer con su consejo y te apuntaste a francés.

Ella sonrió. Era una sonrisa que recordaba a la niña que debió ser: guapa, desafiante y decidida.

–Supongo que le diría algo parecido –su rostro adquirió una expresión más seria–. Algo que aprendí de niña fue que en este mundo tienes que aprender a cuidar de ti misma.

Aquello era algo que tenían en común, pensó Lucas lamentándolo por ella.

–Y entonces resultó que eras un genio para el francés –comentó manteniendo un tono ligero.

–Resultó que era una buena estudiante. Conseguí una beca, vine a Nueva York…

–Pero resultó que Nueva York no era lo que esperabas.

–Era más de lo que esperaba. Grande. Maravillosa. Emocionante.

–Y cara.

¿A qué se debería aquel sutil cambio en su tono de voz?

–Sí, muy cara. Pero entonces, volviendo a lo que decíamos…

–El dinero de la beca parecía mucho, pero cuando llegaste a la ciudad tuviste que buscarte un suplemento.

–Por supuesto.

–Y eso hiciste –afirmó Lucas. Ahora no quedaba duda del cambio de su tono de voz.

¿Sabía que trabajaba de camarera? ¿La tendría en peor consideración por ello?

–La gente hace lo que tiene que hacer –afirmó con voz pausada–. Puede que un hombre como tú no lo entienda, pero...

Lucas maldijo entre dientes, le colocó una de sus grandes manos en la nuca y le atrajo la boca hacia la suya. Al principio lo único que hizo fue recibir sus besos. Luego sus labios se suavizaron y se abrieron; Luca saboreó su dulzura y cuando hubo terminado de besarla la estrechó contra su corazón.

Él no era quién para sentarse a juzgar. En su infancia había hecho todo lo que pudo para sobrevivir. Pequeños robos. Comida de los puestos de los mercados. Carteras de los bolsillos de los turistas gordos. ¿Quién sabía hasta dónde habría llegado con el paso de los años?

Caroline tenía razón. La gente hacía lo posible por sobrevivir.

Además, todo aquello quedaría en el pasado. Nunca le permitiría volver a su antigua vida, ni siquiera cuando su tiempo juntos tocara a su fin. No sabía cuándo llegaría ese día, pero siempre llegaba. Y cuando eso sucediera, se encargaría de que estuviera a salvo. Un apartamento. Un trabajo. Conocía gente por todas partes que sin duda podrían ofrecerle un buen empleo a una joven tan brillante.

Tenía la impresión de que no sería fácil convencerla para que aceptara su ayuda, pero él encontraría la manera de hacerlo. Por el momento estaban juntos, y eso era lo único importante.

–¿Ves? –dijo alegremente–. Yo he aprendido algo nuevo de ti, y tú algo de mí.

–No –contestó Caroline mirándolo fijamente–. Yo no.

—Claro que sí. Has aprendido que soy un oso antes de tomarme el primer café.

Su tono era despreocupado, pero Caroline sabía que era una fachada. No quería hablar de sí mismo. Ella quería saber más, conocerlo mejor, pero por el momento se conformaba con estar con él. Así que sonrió y le dio un beso fugaz.

—En ese caso, preparemos café.

Caroline se puso de pie. El pareo de seda que había improvisado se le deslizó, dejándole al descubierto los senos. Trató de agarrarlo, pero Lucas le agarró las muñecas y se las sujetó a los costados.

Al instante cambió el humor del momento.

—Café. Me parece bien. Pero primero voy a saborearte a ti —se llevó uno de los rosados pezones de Caroline a la boca y ella contuvo el aliento.

Lucas le deshizo el nudo del cubrecama de seda. Le cayó a los pies y se quedó desnuda.

—Caroline, *meu amor*. Eres preciosa. Preciosa… —se puso de pie y la atrajo hacia sí.

Ella sintió cómo se endurecía su piel. El hecho de ser capaz de provocarle algo así la emocionaba.

Y saber que dentro de poco estaría moviéndose dentro de ella la emocionaba todavía más.

Colocó una mano entre ellos. Lucas emitió un sonido seco y gutural. Los dedos de Caroline recorrieron la longitud de su pene. Podía sentir su carne latir bajo los suaves pantalones de algodón del chándal.

—Caroline —su tono encerraba una amenaza—. Si sigues haciendo eso…

Ella le bajó despacio los pantalones. Observó su rostro, disfrutando del modo en que se le oscurecían los ojos.

—Caroline —murmuró él con voz ronca—. ¿Tienes idea de lo que…?

Ella cerró la mano sobe su erección. Lucas gimió. Estaba hecho de seda y acero. Nunca antes había tocado a un hombre de aquel modo, nunca había imaginado que llegaría a apetecerle. Pero quería saberlo todo sobre su amante. Si no hablaba de sí mismo, encontraría otras maneras de explorarle. Como aquélla.

Caroline se puso de rodillas. Le sostuvo con las manos. Lamió su virilidad. Llevó la punta de la lengua a su sexo henchido.

Lucas se estremeció. Le pasó las manos por el cabello. Se incorporó gimiendo, la tumbó sobre el sofá blanco de seda y se hundió en ella.

Caroline alcanzó el clímax al instante, y él también.

Mientras la abrazaba, Lucas pensó que lo que acababa de hacerle Caroline había sido maravilloso. Entonces se preguntó cuántas veces lo abría hecho con anterioridad.

Sintió un nudo en el estómago. Se puso de pie, agarró el cubrecama de seda de la alfombra y la cubrió con él.

–¿Lucas? –preguntó Caroline incorporándose.

Él sonrió, y fue una de las cosas más difíciles que le había tocado hacer jamás.

–Deja que te traiga un albornoz –sugirió alegremente–. Luego desayunaremos.

Creyó que había sonado alegre, pero cuando regresó con el albornoz vio que Caroline se había vuelto a envolver en el cubrecama. Eso y la expresión de su rostro le hicieron ver que no había logrado engañarla.

–Caroline, cariño….

–¿Qué ha pasado? ¿He… he hecho algo que…?

Tenía los ojos brillantes por las lágrimas y le temblaban los labios. ¿Cómo pudo haber pensado ni por un instante que le había hecho algo parecido a otro hombre? Maldiciéndose a sí mismo, la estrechó entre sus brazos y la besó.

–¿Qué te había dicho? Soy un oso antes de tomarme el primer café –volvió a besarla y siguió haciéndolo hasta que su cuerpo se suavizó contra el suyo y la duda desapareció de sus ojos–. Voy a hacerte el mejor desayuno que hayas probado en tu vida. Es el plato nacional de Brasil. Tortitas con beicon y sirope de arce.

La broma funcionó. Una sonrisa curvó los labios de Caroline.

–Las tortitas son el plato nacional de todas partes.

–Yo hago las mejores del mundo.

Ella alzó las cejas.

–¿De verdad?

–De verdad. Y el mejor café.

–Si tú vas a hacer el café y las tortitas, ¿qué me queda a mí?

–Tienes una tarea muy importante. Adornar mi cocina.

Ella se rió.

–Eso no me parce una tarea importante.

–Lo es, y mucho –aseguró Lucas con solemnidad–. Y estoy seguro de que vas a hacerlo muy bien.

Igual que él iba a hacer muy bien olvidar lo que sabía de su pasado. O preguntarse al respecto. ¿Acaso no había aprendido eso siendo niño? Lo que una persona era al principio de su vida no importaba. Lo realmente importante era en quién se había convertido al final.

Capítulo 9

SE ducharon. Se pusieron los albornoces. Y desayunaron. El desayuno les llevó mucho tiempo. No podía ser de otra manera, porque cada bocado iba acompañado de suaves besos que sabían a sirope.

Lucas hizo las tortitas y el café. Caroline encontró algo que hacer después de todo. Frió el beicon. Dijo que las tortitas sabían a gloria. Lucas aseguró que nunca había probado un beicon tan delicioso.

–Gracias, señor –bromeó ella–. Ese piropo casi justifica el tiempo que he pasado en cocinas de cucharas grasientas.

–¿Cocinas de cucharas grasientas? –Lucas le dio un sorbo a su café–. ¿Qué clase de cocinas son ésas?

Caroline se rió.

–No de la clase que tú conoces, estoy segura.

–¿Quieres decir que no sería así la cocina del restaurante en el que cenamos la noche que nos conocimos?

Era la primera referencia que alguno de los dos hacía para referirse al principio de aquella noche, y la hizo con tanta gracia que sonó como si se hubiera tratado de una cita de verdad.

–Exacto –Caroline sonrió y comió un trozo de tortita.

Una gota de sirope le deslizó por el centro del labio inferior. Lucas se acercó y se lo lamió antes de cubrir la boca con la suya para darle un beso de verdad.

–Buenos días, señor Vieira.

Caroline dio un respingo, sobresaltada. Lucas maldijo entre dientes. Se le había olvidado que la asistenta iba a ir aquella mañana.

Se giró hacia ella y pensó divertido que la señora Kennelly sería una excelente jugadora de póquer. Su rostro plácido no reflejó nada, aunque nunca antes le había visto desayunando con una mujer.

Y entonces Lucas pensó: *Deus*, estaba desayunando. Con una mujer. En su propia cocina. Era la primera vez.

Las mujeres a veces se quedaban a pasar la noche. Y se marchaban a primera hora de la mañana. Algún domingo podía llevarse a desayunar fuera a la mujer con la que había pasado la noche, pero esto de estar sentado en su propia cocina, compartiendo el desayuno que habían preparado juntos…

Caroline estaba preparada para salir corriendo. Podía sentirlo. Con calma, como si no ocurriera nada fuera de lo normal, Lucas le agarró la mano.

–Buenos días, señora Kennelly. Caroline, ésta es la señora Kennelly. Mi asistenta.

Miró a Caroline. Estaba sonrojada por la vergüenza. Eso provocó que le dieran ganas de besarla, lo que no tenía ningún sentido. Además, eso sólo serviría para avergonzarla más, así que le agarró con más fuerza la mano y entrelazó los dedos con los suyos.

La señora Kennelly sonrió educadamente.

–¿Qué tal está, señorita?

Lucas escuchó cómo Caroline aspiraba con fuerza el aire y alzaba la barbilla.

–Encantada de conocerla, señora Kennelly.

–La señorita Hamilton va a quedarse una temporada con nosotros.

Caroline le lanzó una mirada fulminante.

–No –dijo en voz baja–. De verdad, yo…

Lucas se puso de pie sin soltarle la mano y la ayudó a incorporarse.

–Nos quitaremos de en medio para que pueda trabajar, señora Kennelly –dijo con tono alegre–. ¿Verdad, querida?

Sólo si quitarse de en medio significaba que la tierra se abriera y se la tragara, pensó Caroline angustiada.

¿Cómo se enfrentaba una mujer a una escena así?

Lucas estaba tranquilo. Y la asistenta también. Ella era la única que se quería morir. ¿No era ridículo? Se había pasado la noche en la cama con él, haciendo cosas. Cosas maravillosas y excitantes.

¿Y ahora lo que le preocupaba era que su asistenta se la encontrara en albornoz en su cocina?

Pero, ¿por qué iban a estar Lucas o la señora Kennelly horrorizados? Le escena debía ser habitual para un hombre como él. El problema era que para ella no lo era. Nunca antes había pasado la noche con ningún hombre, y menos había tenido que enfrentarse a su asistenta a la mañana siguiente.

–¿Caroline?

Ella parpadeó y Lucas le sonrió.

–Dejemos que la señora Kennelly trabaje, ¿*sim*?

Aquel «sim» no era casual. Lucas apenas utilizaba el portugués. Sólo cuando estaba enfadado. O cuando le hacía el amor. Y aquel «sim», que significaba «sí», sólo se le escapaba cuando quería dejar algún punto claro. Y ahora quería dejar claro que quería que se comportara como una adulta. Así que eso hizo. Dejó que se la llevara de allí mientras ella forzaba una sonrisa.

–Por supuesto. Pero déjeme limpiar antes de…

–Tonterías, señorita –dijo la asistenta con brusquedad–. Váyase, yo me ocuparé de esto.

Por supuesto. Si no sabía cómo comportarse al ser descubierta desnuda en la cocina de un hombre, sin duda tampoco sabía cómo actuar con una asistenta.

Lo mejor que podía hacer era seguir sonriendo, seguir manteniendo la mano en la de Lucas y seguirle por el soleado ático hasta las escaleras, subirlas, continuar por el pasillo, entrar en su dormitorio…

Y recordar al instante que aquél no era su lugar, que en lo que Lucas Vieira se refería estaba cometiendo un error tras otro.

Lucas cerró la puerta. Le soltó la mano. Se cruzó de brazos y la miró. Caroline no podía imaginar qué iba a decirle. Y no le importaba. Ella iba a hablar primero.

–Lucas.

Él alzó una ceja. Odiaba que hiciera aquello. Aunque en realidad le encantaba. Le hacía parecer peligrosamente sexy.

–Lucas –volvió a decir–. Yo…

–Mi asistenta es mejor jugadora de póquer que tú.

–¿Perdona?

–Te vio y no expresó ninguna reacción. Tú la viste y parecía como si quisieras que te tragara la tierra.

¿Sabía leer la mente? Caroline imitó su gesto, se cruzó de brazos y lo miró fijamente.

–Estaba… sorprendida.

Lucas torció los labios.

–Quién lo hubiera dicho.

Ella entornó los ojos.

–Tal vez a ti esto te parezca divertido, pero a mí no.

–Me parece… interesante.

–Y una porra –respondió Caroline con brusquedad–. Lo supe desde el principio, te parece divertido.

–Te equivocas. Un hombre que nunca ha comparti-
do el desayuno con ninguna mujer en la cocina de su
propia casa y se da cuenta de ello cuando su asistenta
le descubre haciéndolo no puede encontrar divertida
esta situación.

Caroline parpadeó.

–¿Nunca habías desayunado aquí con ninguna mujer?

Lucas se encogió de hombros.

–No.

–Pero no lo entiendo…

–No –la voz de Lucas sonaba de pronto áspera–. Yo
tampoco –dejó caer los brazos a los costados y se acercó lentamente a ella con los ojos brillantes–. No entiendo nada de todo esto.

A Caroline empezó a latirle con fuerza el corazón.

–¿Qué es lo que no entiendes? –susurró.

Lucas la estrechó entre sus brazos. Ella suspiró, y a
Lucas le pareció el sonido más hermoso que había escuchado de boca de una mujer.

–Tú –respondió–. Yo. Esto.

Reclamó su boca con la suya. Lo que le había ofrecido no era una respuesta, y sin embargo era la única
que tenía, la única que tenía sentido.

–Lucas –murmuró ella–. Lucas…

Él le soltó muy despacio el cinturón del albornoz.
De su albornoz, pensó. Suyo. Se lo deslizó por los
hombros y observó su hermoso rostro y su bello cuerpo
sin artificios.

Le dijo que era preciosa. Que era perfecta. Se lo
dijo en portugués, y también le dijo lo mucho que la
deseaba.

Distinguió el latido de su pulso en la base del cuello.

–¿Y qué hay… qué hay de la señora Kennelly?

A pesar de todo, de la pasión, el deseo y la dureza casi dolorosa de su erección, Lucas se rió.

–No se lo diremos –dijo suavemente.

Caroline se le quedó mirando y luego se rió.

–Buena idea.

Y entonces su sonrisa cambió. Sus ojos color avellana se oscurecieron y le puso la mano sobre la erección.

–Hazme el amor –le susurró.

Lucas la tomó en brazos. La llevó a la cama. La tumbó sobre ella de modo que su cabello formaba un halo alrededor de la almohada. Luego se quitó los pantalones del chándal, se colocó encima de ella y le hizo el amor con tanta ternura y delicadeza que cuando terminó, Caroline lloró.

Y Lucas…

La estrechó contra sí, sintió su corazón latiendo contra el suyo, su respiración en el cuello, y luego la acarició y la besó y se preguntó qué diablos le estaba pasando.

Tenía que ir a trabajar.

Gente, reuniones, correos, llamadas telefónicas y papeleo le esperaban.

Se lo dijo a sí mismo. Y se lo dijo a Caroline.

–Por supuesto –dijo ella.

–Por supuesto –repitió Lucas con solemnidad.

Entonces estiró el brazo para agarrar el teléfono y llamar a su secretaria. Le dijo que no iba a ir y que podía localizarle en el móvil si ocurría algo importante.

–Algo vital –puntualizó para dejar las cosas claras. Hizo una pausa y añadió–. Pensándolo bien, no me llames para nada.

Colgó y se rió al imaginar la cara de su secretaria.

–¿Qué te hace tanta gracia? –preguntó Caroline.

Y Lucas la besó, y volvió a besarla otra vez, y ella se rió y lo miró y de pronto él supo que nunca en toda su vida había sido tan feliz.

Aquel pensamiento le cortó la risa.

–¿Qué ocurre? –preguntó Caroline.

Pero no había nada que él pudiera decir que no resultara peligroso, así que la tomó en brazos.

–¿Dónde me llevas? Lucas, ¿dónde….?

Caroline gritó cuando entró en la ducha con ella en brazos y abrió todos los grifos hasta que estuvieron envueltos en una deliciosa y cálida lluvia. Las protestas de Caroline desaparecieron cuando la besó, la dejó en el suelo, le besó los senos y le deslizó la mano entre los muslos.

–Lucas –susurró.

–¿Qué, cariño? –dijo contra su boca, pero Caroline no tenía respuesta, no tenía ninguna respuesta que pudiera darle, porque se sentía feliz, muy feliz, y sabía que una felicidad así no podía durar…

–Rodéame con tus brazos –le pidió Lucas. Dio un paso atrás, se apoyó en la pared y la levantó.

Entonces no hubo preguntas ni respuestas. No hacían falta porque estaban perdidos el uno en brazos del otro.

Caroline le dio de comer a Oliver. Le cambió el agua del cuenco. Le limpió el cajón de arena. El gato ronroneó alrededor de sus tobillos.

–Te veré pronto, cariño –murmuró ella recogiéndolo del suelo y dándole un beso en la cabeza.

El chófer de Lucas les llevó al apartamento de Caroline.

A él no le hacía gracia la idea.

–No me gusta la idea de que estés aquí –dijo–, aunque sea por poco tiempo.

Caroline no respondió. ¿Qué podía decir? El día anterior estaba convencida de que no podía vivir en aquel lugar. Ese día estaba más tranquila. Sabía que no tenía elección. Había tardado mucho en encontrar su apartamento; resultaba difícil encontrar alquileres que pudiera permitirse en Manhattan con su sueldo de profesora auxiliar y sus ahorros como camarera. Las miserables habitaciones que había alquilado eran mejor que la mayoría de lo que había visto.

Había pensado en el problema y había llegado a una solución sencilla: aceptaría la hospitalidad de Lucas durante un par de días. Tres como máximo. Y luego buscaría un apartamento. Si no encontraba ninguno, y estaba casi segura de que no lo encontraría, volvería allí.

Pero sabía que eso no debería decírselo a Lucas. Se limitó a entregarle las llaves y a permanecer detrás de él cuando le abrió la puerta del apartamento.

La puerta se abrió. Lucas entró en el salón y le hizo una señal para que entrara.

La habitación estaba como la había dejado. No, no del todo. Habían instalado una nueva ventana y también un nuevo cierre. Eso, al menos, le hacía sentirse mejor.

A Lucas no le importó nada. Cerró la puerta, se dirigió a la ventana, agarró el marco de hierro y lo agitó.

–Es demasiado pequeño –gruñó.

–Parece suficientemente fuerte.

–Tal vez. Pero los cerrojos de la puerta no disuadirían ni a un aficionado.

De acuerdo. Aquélla no iba a ser una discusión fructífera. Además, no tenía sentido hablar de ello. Lucas vivía en otro planeta. Nunca entendería su vida, ni ella esperaba que lo hiciera.

En lugar de responder, se dirigió al minúsculo dormitorio y abrió el armario, empezó a sacar cosas de las perchas, la poca ropa que necesitaba para los siguientes días de búsqueda de apartamento.

Lucas se aclaró la garganta.

—Podrías dejar todo eso aquí y empezar de cero.

Caroline lo miró.

—No —respondió—. No podría.

Él abrió la boca y luego la cerró. Mejor. ¿De verdad pensaba que podía permitirse tirar aquella ropa y comprar una nueva? No sólo era de otro planeta, sino también de otra galaxia.

Se giró de nuevo hacia el armario, añadió dos pares de zapatos y un pequeño bolso al conjunto de cosas que había sobre la cama.

¿Qué más?

Algunos libros de texto. El ordenador portátil. Unos apuntes. Lo puso todo en una mochila, metió la ropa y los zapatos en un bolsa de tela, echó un último vistazo a su alrededor y se giró hacia Lucas.

—Ya está —dijo—. Ya tengo todo lo que…

La expresión de su mirada la silenció. Lucas estaba mirando a su alrededor como si nunca hubiera visto un sitio tan pequeño y tan lamentable en su vida. Y sí, era las dos cosas, pero era suyo, pagaba por él de forma honrada y no le debía nada a nadie.

—¿Hay algún problema?

Su intención era sonar fría y divertida, pero sólo sonó fría.

Lucas la miró.

—No tendrías por qué vivir así —gruñó.

Caroline se cruzó de brazos.

–No todo el mundo puede vivir en el cielo.

–¿Te refieres a mi ático?

–Sí. Tal vez te sorprenda, pero en el mundo real…

–¡No utilices ese tono conmigo!

–¡Utilizo el tono que quiero! Como te decía, en el mundo real…

–¡Yo lo sé todo sobre el mundo real, maldita sea! –se acercó a ella de dos zancadas y la agarró de los hombros–. ¿Crees que he nacido en el cielo, como tú dices?

–Suéltame.

–Responde a mi pregunta. ¿Crees que he sido siempre rico? –apretó los labios–. ¿Sabes lo que es una *favela*?

Caroline se le quedó mirando fijamente.

–He oído la palabra. Es una barriada brasileña.

Lucas soltó una carcajada amarga.

–Una barriada está mucho más arriba en la escala socioeconómica, querida.

Estaba enfadado. Muy enfadado. A Caroline se le pasó la rabia.

–No era mi intención entrometerme, Lucas.

–Nací en una chabola con un tejado muy fino. Un par de años después, las cosas empeoraron y nos cambiamos a lo que era básicamente una caja de cartón en un callejón.

Caroline alzó las cejas. ¿Se debería al impacto de lo que estaba diciendo o a su tono cortante? ¿Y por qué le estaba contando aquello? Nadie sabía su historia. No porque se avergonzara de ella.

O no exactamente.

Pero es que no era bonita. La pobreza. El abandono de su madre. Las casas de acogida.

Los robos. Las carteras que había birlado. Feo, y sí,

estaba avergonzado. Además, su vida personal era suya; no veía razón para compartirla con nadie más.

Y sin embargo… sin embargo…

Por primera vez en su vida sentía la tentación de contarle a alguien quién era. Quién era de verdad. La gente lo conocía como él se presentaba, como un hombre inmensamente rico que controlaba su vida.

Pero a veces, en la oscuridad de la noche, se preguntaba cómo le vería la gente si supiera de dónde venía.

¿Qué pensaría Caroline si conociera todos los detalles? ¿El Lucas Vieira al que apreciaba era un hombre rico y poderoso, o simplemente un hombre?

¿Y qué diablos estaba haciendo pensando en todo aquello? ¿Por qué suponía que Caroline le apreciaba? Se sentía atraída hacia él, sí. Le estaba agradecida por lo que había hecho por ella el día anterior. Y le gustaba el sexo con él, o al menos eso parecía. A menos que fuera una farsa, otra parte del juego que habían empezado a jugar aquella primera noche.

–¿Lucas?

Él parpadeó y la miró.

–Tú no me conoces, Caroline. No sabes absolutamente nada de mí.

–No –respondió ella en voz baja alzando la mano para acariciarle la mandíbula–. La verdad es que no sabemos nada el uno del otro.

La tensión de Lucas se había relajado durante un instante. Ahora volvió a sentirla.

–Tienes razón –dijo–. Por ejemplo, no entiendo por qué vives en un lugar como éste.

Caroline retiró la mano.

–Porque es lo único que puedo permitirme con mi sueldo de profesora auxiliar. Y con las propinas que gano como camarera. Para ser un hombre que asegura haber crecido en la pobreza, no entiendes mucho.

Lucas le apretó con más fuerza los hombros.

–¿Es eso lo único que haces? ¿Dar clases? ¿Servir mesas?

–¿Qué quieres decir?

–Te di mil dólares.

Caroline se sonrojó.

–¿Quieres decir que me pagaste mil dólares por una noche de trabajo?

Lucas apretó las mandíbulas.

–Ciertamente.

–¿Y qué? ¿Eso te da derecho a preguntarme qué hice con ese dinero?

No se lo daba. Lucas lo sabía. Y sabía que estaba a punto de decir algo de lo que se arrepentiría, pero tenía preguntas, muchas preguntas. El día anterior estaba tan centrado en el peligro de dónde vivía Caroline, en lo que había estado a punto de sucederle, que no había pensado en nada más.

Ahora veía lo pobres que eran sus muebles. Lo desgastada que estaba su ropa. ¿Qué hacía con el dinero que ganaba vendiendo su cuerpo?

Si es que vendía su cuerpo. Tenía que recordar aquel «si» condicional.

–Lucas.

La tarifa de Dani Sinclair por una noche era mucho más de lo que él le había pagado a Caroline. Caroline debería haber cobrado veinte veces más. Era todo lo que un hombre podía desear, en la cama y fuera de ella. Era cálida, dulce y divertida. Generosa, cariñosa y excitante. Se reía de sus chistes, alababa su modo de cocinar, suspiraba entre sus brazos y se entregaba completamente a él cuando hacían el amor. Y luego estaba su devoción hacia aquel gato infernal y hacia el patético helecho...

¿Cómo podía ser una mujer que se vendía? ¿Cómo iba a entregarse a alguien que no fuera él? Porque de eso se trataba todo. Quería que se entregara sólo a él.

–¡Lucas, me estás haciendo daño!

Lucas vio que le estaba apretando los hombros con tanta fuerza que podía sentir cada dedo clavado en su piel.

Deus, estaba perdiendo la cabeza.

La soltó con cuidado. Caroline dio un paso atrás y él sacudió la cabeza, le tomó las muñecas con suavidad y la atrajo hacia sí.

–Caroline –susurró en voz baja–. Cariño, perdóname.

Distinguió el brillo de las lágrimas en sus ojos.

–No lo entiendo –dijo ella con voz trémula–. ¿Qué quieres de mí?

Lucas le sostuvo la mirada durante un largo instante mientras buscaba una respuesta, no sólo para ella sino también para sí mismo. Luego le deslizó muy despacio el pulgar por la curva de su labio inferior, inclinó la cabeza y la besó.

–Te quiero a ti –dijo suavemente–. Sólo a ti.

Le dio otro beso. Caroline no respondió. Volvió a besarla, susurró su nombre. Y finalmente ella le besó también.

Aquello era lo único que quería. Los besos de Lucas. Sus brazos alrededor del cuerpo. Aquellas cosas sencillas, y la certeza de que a su corazón le estaba sucediendo algo tan maravilloso como aterrador.

Capítulo 10

EL miércoles por la mañana, Lucas volvió a llamar a su oficina y le dijo a su secretaria que no iba a ir.

–Cancela todas mis citas, por favor.

–Sí, señor Vieira.

A Lucas le pareció que había habido una décima de segundo de vacilación en su voz. Pero no podía ser. Tenían una relación cordial, pero ella era su empleada y nunca cuestionaba nada de lo que él hiciera o dijera.

Aunque nunca había faltado a la oficina dos días seguidos a menos que estuviera de viaje de negocios.

Su comportamiento era poco habitual, pensó. Pero necesario.

Tenía cosas que hacer. Caroline había mencionado que el semestre había terminado, tenía un despacho en la universidad.

–En realidad se trata de medio armario –le dijo con una sonrisa.

Tenía que recoger sus libros y sus cosas. No se lo había pedido, por supuesto, pero tenía que ayudarla. También tenía que convencerla de que no podía llevarlo a su apartamento. Eso estaba fuera de toda duda. No quería que estuviera allí ni un segundo, ni que hiciera interminables trayectos en metro con los brazos cargados de cajas, ni que subiera las oscuras escaleras hacia aquellas miserables habitaciones que llamaba hogar.

Y tenía que encontrar la manera de evitar que buscara un lugar donde vivir.

Caroline había hablado de ello también. Y cada vez que lo hacía, Lucas cambiaba de tema.

Sabía que tendría que irse tarde o temprano. Él también quería que lo hiciera. O al menos no quería la alternativa: una mujer viviendo con él, compartiendo con él las comidas, las mañanas, las noches.

La vida.

Pero le resultaba sorprendentemente placentero. Por ahora. Placentero sin duda porque se trataba de una experiencia nueva tener su ropa en el armario de invitados, su maquillaje, su cepillo, sus cosas en el baño de invitados. Era una tontería, porque Caroline pasaba las noches con él.

En su cama. Entre sus brazos.

Pero no era una solución a largo plazo. Por supuesto que no. Tenía a un agente inmobiliario buscando un apartamento. Algún lugar agradable y seguro. Cerca. Y había llamado a una tienda muy conocida de la Quinta Avenida y había pedido hablar con una estilista personal. Le habían pasado con alguien que parecía muy eficiente.

—Necesito ropa para una mujer joven —dijo con brusquedad, porque de pronto se sentía un estúpido.

—Por supuesto, señor —respondió la estilista personal, como si aquello fuera algo a lo que estuviera acostumbrada—. ¿Qué talla tiene la dama?

—Una treinta y seis —dijo, porque se había anticipado a la pregunta y había echado un vistazo a las etiquetas de la ropa de Caroline.

—¿Y qué estilo tiene, señor? ¿Sigue la moda? ¿Tiene algún diseñador favorito?

El estilo de Caroline era absolutamente particular.

Sencillo. En cuanto a los diseñadores, le daba la impresión de que los escogía por el precio de la etiqueta.

–Le gusta vestir con naturalidad.

Entonces recordó el espectacular vestido que se había puesto la noche que se conocieron, y pensó también que en toda la ropa que había visto en el armario de la habitación de invitados cuando fue a mirar la talla no había nada ni remotamente parecido a aquel vestido corto y aquellos tacones tan altos.

–Pero también le quedan muy bien otras cosas –añadió–. Vestidos de seda. Tacones finos. Cosas suaves y femeninas…

«*Deus*», pensó a punto de gritar de la vergüenza.

La estilista acudió a su rescate.

–Me ha facilitado un excelente retrato con el que trabajar, señor –dijo con amabilidad.

Lucas esperaba que fuera así. Volver a pasar por aquello sería un martirio. Le pidió que cargara todo en su tarjeta de crédito y que esperara a hacer el envío cuando le facilitara una dirección. Lucas pensó en lo contenta que estaría Caroline con aquella sorpresa, así como con la del apartamento.

Pero no podía sorprenderla en lo que se refería a recoger las cosas de su despacho. Sólo ella sabía lo que iba a llevarse y lo que iba a dejar.

Pensó en que su chófer la llevara al campus. Pero luego decidió que sería mucho más sencillo si lo hacía él mismo. Tenía un Ferrari rojo guardado en un garaje a varias manzanas de allí. Le encantaban las elegantes líneas de aquel coche y su increíble fuerza, pero no tenía muchas oportunidades de conducirlo. El trabajo consumía cada vez más su tiempo.

Aquélla sería una buena oportunidad para hacerle algunos kilómetros al Ferrari.

Uniendo todo, tenía sentido que se hubiera tomado el día libre.

Desayunaron juntos otra vez. Lucas había decidido darle a la señora Kennelly la semana libre pagándole el sueldo de un mes. Se lo merecía, y si eso significaba que Caroline y él tenían todo el ático para ellos, podían hacer el amor cuando quisieran y donde quisieran.

Era una de aquellas mañanas soleadas de junio en Nueva York, y tomaron el café en la terraza. Lucas le contó a Caroline los planes que había hecho para el día. Ella sonrió.

–Es una oferta muy amable. Pero no quiero que cambies tus planes por mí.

–No lo hago –afirmó él–. Me estás haciendo un favor. El coche necesita hacer kilómetros.

Caroline le puso la mano sobre la suya.

–Gracias –dijo suavemente.

Lucas se puso de pie, la tomó en sus brazos, la llevó a una hamaca y la hizo suya bajo el suave cielo de junio con una ferocidad que se transformó en ternura a tal velocidad que cuando alcanzó el clímax tenía lágrimas en los ojos. Y él…

Él sintió que algo sucedía en lo más profundo de su corazón. Era un hombre adulto, y el sexo había formado parte de su vida durante muchos años, pero nunca había experimentado nada parecido a aquello.

Se ducharon y ambos se vistieron con pantalones vaqueros y camisetas. Lucas le dijo que estaba preciosa, y aunque sabía que nada podría mejorar su belleza porque ya era perfecta, la seda y la cachemira que le llevaría la estilista darían el toque perfecto a su hermoso rostro y a sus femeninas curvas.

Llamó a su garaje. El coche estaba preparado cuando llegaron. Era largo, brillante y rojo, y tenía el carácter de un caballo de carreras.

—Oh —dijo Caroline—. ¡Es precioso!

—Y rápido —sonrió Lucas.

Cuando se metieron entre el tráfico de Manhattan, él le contó cómo era el primer coche que había tenido.

—Era un cacharro más viejo que yo.

Caroline se rió.

—Me cuesta trabajo imaginarte conduciendo algo así.

—Eh, me encantaba ese coche. Me llevaba a todas partes… siempre y cuando me parara cada ochenta kilómetros a echar gasolina.

Los dos se rieron, y Lucas pensó lo increíble que era que hubiera recordado aquel viejo coche, y más todavía que le hubiera contado a ella la historia. Nunca compartía nada de su pasado con nadie. Cuando llegó a Estados Unidos, endurecido por la vida en la calle y sin permitir que nadie traspasara las barreras que había construido, un asistente social bienintencionado le dijo que tenía que aceptar su pasado antes de construir su futuro, que fingir que no le habían pasado cosas malas era como vivir en una mentira…

—Pero me has mentido, Lucas.

Miró a Caroline sorprendido.

—No —dijo al instante—. Nunca.

Entonces vio la expresión de su rostro. Estaba bromeando. Dejó escapar el aire de los pulmones.

—Dijiste que me ayudarías a recoger mis cosas.

—Y eso voy a hacer.

—Pero no en esta preciosa máquina. Es demasiado bonita para llenarla de cajas. Además, aunque quisiéramos hacerlo, no hay espacio. Y por otro lado, ¿dónde vas a aparcar? No puedes dejar un coche así en al calle.

Caroline estaba siendo práctica, y eso era más de lo que podía decirse de él. Por supuesto que no podía dejar un Ferrari en la calle.

O sí. Le encantaba aquel coche. Su línea, su elegancia, su velocidad. Había trabajado mucho y muy duro para comprárselo. Pero amar un objeto inanimado no era lo mismo que amar a una mujer.

Aunque él no sabía lo que era amar a una mujer, se dijo al instante. Ni nunca había querido saberlo. El amor era una falacia, sólo se trataba de un concepto, nada más. Eso lo sabía. Lo había sabido desde que su madre se lo enseñó el día que lo dejó en una calle de Copacabana.

—Lucas —Caroline se rió y le dio un pequeño codazo—. Te acabas de pasar el campus.

Así era. ¿En qué estaba pensando? No en su trabajo, ni en las citas que había cancelado, ni en nada útil.

Frunció el ceño.

¿Qué diablos estaba haciendo comportándose como un adolescente enamorado cuando era un hombre con un imperio multimillonario que dirigir?

Apretó las manos en el volante.

Todavía era temprano. Había tiempo de sobra para regresar al centro, guardar el coche, quedar con James para que fuera a recoger a Caroline y a sus cosas mientras él se ponía un traje, regresaba a la oficina y trabajaba un poco.

—Tienes razón —dijo—. Este coche es demasiado pequeño y aquí no tengo dónde aparcarlo.

—Así es —asintió Caroline—. Ha sido una idea preciosa, pero…

—Pero poco práctica.

El semáforo se puso verde. Lucas giraría a la izquierda para dirigirse a la Quinta Avenida.

Llegó a la intersección. Murmuró algo entre dientes mientras viraba a la derecha en lugar de a la izquierda y se dirigía a la carretera que llevaba a Long Island.

Tomó la mano de Caroline y entrelazó los dedos con los suyos.

–Olvídate de recoger tus cosas –gruñó–. Hace un día demasiado bonito para eso.

–Entonces, ¿dónde vamos?

–Tengo una casa en…

Guardó silencio. Había comprado su casa de los Hamptons un par de años atrás. Los pueblos del sureste de Long Island eran encantadores, las playas magníficas, y estaban a un par de horas de la ciudad. Los ricos y famosos tenían casas de verano allí.

Eso le había influido, no porque quisiera formar parte de aquel mundo, sino porque había oído que la gente de los Hamptons comprendía el valor de la privacidad.

Para él aquel lugar era un refugio. Arena. Mar. La inmensidad del cielo azul.

Y también la soledad.

La casa era muy grande. El océano, infinito. Sin trabajo que le mantuviera ocupado, se sentía inquieto. Tal vez aquélla fuera la razón por la que había pasado un par de fines de semanas allí con mujeres con las que salía entonces.

Dos mujeres. Dos fines de semana. Y con eso había bastado. Fue tan estúpido como para pensar que la arena y el cielo serían suficiente entretenimiento para ellas.

¿Iba a cometer el mismo error de nuevo? Le había resultado molesto las anteriores ocasiones, pero si Caroline no estaba contenta en su casa de la playa…

–¿Una casa? –preguntó ella–. ¿Dónde?

Lucas la miró. Las ventanillas estaban abiertas; el

sol le iluminaba el rostro y el cabello. El momento era tan perfecto que deseaba parar el coche y estrecharla entre sus brazos. Pero no era posible hacer algo así en medio del tráfico de Nueva York.

–Tengo una casa en la playa. En los Hamptons. El guardés la mantiene abierta todo el año.

–¿Y cómo es tu casa?

Lucas se encogió de hombros. Lo cierto era que le encantaba, igual que el Ferrari.

–Está bien –respondió–. Ya sabes, una casa de playa. Mucho cristal. Un porche. Una piscina. Y el mar.

Caroline suspiró.

–¿Eso es todo?

Lucas sintió una punzada de desilusión.

–Eso es todo –se aclaró la garganta–. Tal vez no sea una buena idea. Ir, me refiero. Todavía hace un poco de fresco. Además, estamos a mitad de semana. Muchas discotecas estarán cerradas, y…

–No vas allí por las discotecas, ¿verdad?

–Bueno, no. Pero no habrá mucho que hacer.

–¿Se pueden ver las estrellas? En la ciudad no se ven.

Lucas pensó en el gigantesco telescopio que tenía en el salón. Lo había comprado antes incluso de encargar los muebles.

–Sí. Se puede.

–¿Y se oyen los grillos por la noche?

El tono de Caroline era animado. Lucas la miró y volvió a aclararse la garganta.

–Al atardecer es una auténtica sinfonía de grillos.

Ella se giró para mirarlo.

–Yo crecí en el campo.

Lucas se sintió algo culpable, porque eso él ya lo sabía.

–Me encanta la ciudad. La energía, los sitios mara-
villosos por descubrir… pero siempre habrá cosas del
campo que echaré de menos. El silencio –sonrió–. Las
estrellas. El ruido de los grillos –se rió–. Supongo que
suena ridículo, pero…

Al diablo con el tráfico.

Lucas miró por el espejo retrovisor, se abrió camino
entre el tráfico en medio de un estruendo de cláxones y
se detuvo en el bordillo. Se quitó el cinturón de seguridad, desabrochó el de Caroline, la estrechó entre sus
brazos y la besó.

Casi habían llegado a la casa de la playa cuando Caroline contuvo el aliento y dijo:

–¡Oh, Dios mío, Oliver!

Lucas asintió. Por supuesto, Oliver. El gato tenía
comida, agua y la actitud de un león. Tenía la impresión de que podría cuidar de sí mismo durante un día,
pero no lo dijo. Lo que hizo fue llamar a la señora Kennelly por el móvil, disculparse por la intrusión y preguntarle si podía pasarse por su casa para atender al
gato.

–Sé que le dije que podía tomarse la semana libre y
que esto es mucho pedir…

–Haré algo mejor, señor –dijo la asistenta–. Me
quedaré con él.

–Oh, no tiene por qué…

–Estaré encantada de hacerlo. Oliver es un gato tan
dulce…

¿Dulce? Lucas creyó haber oído mal.

–De acuerdo –dijo cuando hubo colgado–. La señora Kennelly se quedará con Oliver.

–Gracias.

Lucas tomó la mano de Caroline. Y sintió una punzada en el pecho. La casa estaba justo ahí. ¿Le gustaría?

–Ya hemos llegado –dijo.

Caroline se incorporó. Delante había un impresionante muro de piedra con grandes puertas de hierro. Lucas apretó un botón, las puertas se abrieron y ella contuvo el aliento.

No era una ingenua. Había vivido en Nueva York lo suficiente como para saber que las casas de los Hamptons eran caras, pero la visión de la de Lucas la dejó sin aliento.

Había dicho cristal. Y un porche, y una piscina. Lo que no había mencionado era que parecían acres de cristal. Y que el porche parecía estar suspendido sobre una playa que se extendía por las dunas hacia el mar, ni que sobre la piscina caía una cascada, y que la piscina no tenía bordes alrededor.

–Las llaman piscinas infinitas –dijo Lucas cuando le mostró el lugar.

–Es una maravilla. Todo –aseguró ella sonriendo.

Lucas asintió.

–Sí –dijo como si no le importara, aunque le importaba mucho–. Está bien.

–¿Está bien? –Caroline se rió, le soltó la mano y se puso a bailar delante de él–. ¡Es increíble!

Lo que era increíble, pensó Lucas, era el color de las mejillas de Caroline, el brillo de sus ojos. Verla le devolvía la emoción que había experimentado al diseñar la casa, al explicarles a los arquitectos y diseñadores lo que quería.

Cuando cruzaron por la puerta de entrada, Caroline soltó una exclamación maravillada.

Techos altos. Paredes blancas. Suelos de cerámica italiana en algunas habitaciones, bambú en otras.

–Es como un sueño –dijo en voz baja–. ¡Es perfecta!

–Perfecta –repitió Lucas estrechándola entre sus brazos.

–¿Cómo es el resto de la casa?

Él sonrió.

–Te la enseñaré. Te lo enseñaré todo. Pero ahora –la tomó en brazos–, déjame mostrarte el dormitorio principal.

Caroline le echó los brazos al cuello y apoyó el rostro.

–Eso es una idea excelente –dijo.

Y pensó: «si esto es un sueño, que por favor no se acabe nunca».

Hicieron todas las cosas que Lucas había imaginado hacer allí, pero que por alguna razón no había hecho nunca.

Hicieron el amor. Se metieron desnudos en la piscina climatizada después de que le asegurara a Caroline que no había vecinos; su propiedad tenía más de veinte mil metros cuadrados alrededor y detrás de la casa. Encontró una camisa vieja que le prestó a ella; Lucas se puso unos pantalones cortos y miraron en los armarios de la cocina y en la nevera buscando algo de comer.

Al atardecer pasearon por la orilla de la playa y el frío Atlántico les mojó los dedos de los pies. Bajaron a cenar a un tranquilo café del pueblo iluminado con velas. Cuando volvieron a casa, el cielo estaba negro como el carbón y las estrellas brillaban con fuerza por encima de sus cabezas.

–Las estrellas –dijo Caroline en un susurro.

Observaron el firmamento desde el porche. Lucas le

pasó el brazo por el hombro y la atrajo hacia sí. Podía sentir el latido de su corazón.

Algo dentro de él creció y echó el vuelo.

Era feliz.

–Caroline –susurró.

La giró entre sus brazos. Ella alzó la vista hacia él con su rostro pálido bajo la luz de la luna.

–Caroline –repitió.

Y como sabía que había algo más que decir y le daba miedo hacerlo, inclinó la cabeza y la besó.

Y luego la desvistió.

La despojó de la ropa con la luna y las estrellas como testigos. La desnudó y se estremeció cuando ella se acercó y empezó a desnudarle también.

Cuando ambos estuvieron desnudos la guió dentro, a su dormitorio, hacia una enorme cama situada bajo un tragaluz que dejaba pasar la brillante luz del cielo.

Lucas la besó en la boca. En los senos. En los rosados pezones. Le besó el vientre, los muslos, le acarició la suave piel entre ellos con las yemas de los dedos.

–Mírame mientras te hago el amor –le pidió.

Y Caroline quiso decirle que le gustaría mirarlo para siempre, que lo adoraba, que lo amaba, que lo amaba…

Entonces Lucas entró en ella y el mundo desapareció.

Al día siguiente bajaron al pueblo, a una pequeña tienda en Jobs Lane tan sencilla por fuera que Caroline supo instintivamente que nunca podría permitirse comprarse algo allí, pero necesitaba una muda.

Lucas quería comprarle todo lo que veía. Ella dijo que no con énfasis, escogió un sujetador, braguitas, una sudadera de algodón y unos pantalones de talle bajo.

–Te lo devolveré –susurró cuando la dependienta fue a envolver la ropa.

Él se rió, se inclinó, le dio un beso exagerado y le dijo que sí, que claro.

Caroline también se rió. Sabía que estaba de broma, que nunca le permitiría darle los cientos de dólares que habían costado aquellas prendas, y fue una repentina dosis de realidad, un recordatorio de que le quedaba poco dinero en la cuenta del banco, que tenía que encontrar un trabajo y rápido.

Y tenía que encontrar un sitio donde vivir.

Aquella certeza le hizo estar inusualmente callada en el camino de vuelta a la casa de la playa. ¿Cómo había llegado a ser tan dependiente de aquel hombre? Pensó en su madre y se estremeció.

–¿Quieres que ponga la calefacción, cariño?

–No –contestó Caroline al instante forzando una sonrisa–. No, estoy bien. Tal vez me haya dado demasiado sol esta tarde, ¿tú qué opinas?

–Yo opino –dijo con solemnidad tomándole la mano y llevándosela a los labios–, que sólo hay una manera de combatir los escalofríos.

¿Cómo no iba a reírse? Lo hizo, y Lucas la miró y sonrió. Le encantaba su risa. Era sexy y al mismo tiempo ingenua.

–¿Ah, sí?

–*Sim* –afirmó él, y se lo demostró en cuanto llegaron a la casa.

Se quedaron en la playa dos días.

Lucas se hubiera quedado el resto de la semana, pero su secretaria lo llamó al móvil para decirle que el dueño de un banco francés al que llevaba meses tratando de contactar había llamado para solicitar una reunión.

–Siento haberle molestado, señor Vieira, pero…

Lucas le aseguró que había hecho bien en llamar. Y sin embargo, cuando le dijo a Caroline que había llegado el momento de volver a la ciudad, no pudo evitar sentir que algo irremplazable estaba tocando a su fin.

Ella parecía presentir lo mismo. Se refugió en sus brazos mientras Lucas le acariciaba el pelo.

–Ya lo dice el refrán –susurró Caroline con una sonrisa triste–. Todo lo bueno se acaba.

Lo dijo con tono jovial, pero Lucas sintió un escalofrío.

–Volveremos el fin de semana –dijo–. Te lo prometo.

Pero no volvieron el fin de semana. Lucas tendría que haber sabido que no lo harían.

Tendría que haber sabido que Caroline estaba en lo cierto.

Todo lo bueno se acaba.

Capítulo 11

A VECES, llegaba un momento en que las personas no podían seguir evadiendo la realidad.

Le había sucedido a Lucas siendo un niño, el día que su madre lo abandonó.

Ahora le volvía a pasar. Regresar a la ciudad era como lanzarse en picado al helado mundo real. No más noches estrelladas, no más grillos, no más atardeceres en el porche contemplando el mar.

Regresaron a Nueva York a primera hora de la mañana siguiente. A mediodía, la vida había vuelto a ser lo que Lucas había considerado normal durante muchos años.

Estaba en la oficina, vestido con un traje gris de Armani y reunido con su equipo para planear la estrategia de los siguientes tres días, que era el tiempo que el banquero francés estaría en la ciudad.

Alguien había preparado una rápida presentación de PowerPoint. Alguien más había hecho páginas y páginas de números. Su equipo era rápido, inteligente y hábil.

Pero a él le costaba trabajo concentrarse.

Su mente se dirigía una y otra vez hacia los días y las noches en los Hamptons y hacia el pequeño mundo perfecto que Caroline y él habían creado.

Dejarla aquella mañana había sido una de las cosas más duras que había tenido que hacer en su vida.

–Te llamaré en cuanto pueda –le había dicho estrechándola entre sus brazos.

Ella le atusó la corbata, le pasó la mano por el oscuro cabello y sonrió.

–Te voy a echar de menos –había replicado con suavidad.

–No –afirmó Lucas con una rápida sonrisa–. No lo harás. Tienes que lidiar con todas esas cajas de tu despacho.

–Te voy a echar de menos –repitió Caroline, y a Lucas se le borró la sonrisa.

Él también la iba a echar de menos. Mucho. ¿Cómo podía haber conseguido una mujer su… su interés total en tan pocos días?

–Me libraré del francés enseguida.

–No puedes hacer eso, Lucas. No quiero que lo hagas. No voy a mantenerte alejado de tus responsabilidades.

«Tú eres mi responsabilidad», pensó. Y la certeza de que quería que así fuera le sobresaltó.

–¿Qué? –preguntó Caroline, que notó algo en sus ojos.

–Nada.

Todo. Pero no estaba preparado para pensar en lo que aquello significaba. Todavía no. Así que alzó el rostro de Caroline y la besó.

–Iremos a cenar a algún sitio especial. ¿Qué te parece?

–Cualquier lugar será especial si voy contigo –replicó ella.

Y Lucas había sentido como si su corazón tuviera alas.

Ahora, con el paso de las horas, supo que no podría librarse tan fácilmente del banquero francés. Seguramente no llegaría siquiera a casa a cenar, y mucho menos para llevar a Caroline a algún lugar especial.

El francés estaba deseando poner fin a un acuerdo que llevaba meses buscando, y Lucas también. Cuanto antes mejor.

Así podría volver a centrarse en las cosas importantes.

En Caroline.

La llamó por teléfono varias veces a lo largo del día. El teléfono sonó y sonó, y como la señora Kennelly no estaba, le enviaba directamente al buzón de voz.

–*Hola* –decía cada vez que saltaba el contestador–. *Soy yo.*

Le dijo que la echaba de menos. Que lo sentía, pero que no llegaría a casa para cenar. Le dijo que acababa de darse cuenta de que no tenía el número de su móvil y que por favor ella lo llamara cuando tuviera la oportunidad.

No llamó.

Y Lucas empezó a preocuparse.

Era una tontería y lo sabía. Caroline era perfectamente capaz de cuidar de sí misma y no era nueva en la ciudad, pero se preocupó de todas maneras. ¿Habría vuelto a su apartamento? No se le ocurría ni una sola razón para que lo hubiera hecho, pero sabía lo obstinada e independiente que era.

Así que estaba preocupado, y eso suponía una nueva experiencia. Preocuparse por algo. Por una mujer. Pensar en ella todo el tiempo.

Le daba miedo.

Sentía como si estuviera en un punto sin retorno. Caroline dominaba sus pensamientos. Albergaba hacia ella sentimientos que incluso trascendían lo que sentía por ella en la cama.

A media tarde, tras una interminable comida con el francés, Lucas regresó a su despacho, comprobó de camino si tenía mensajes en el móvil y el teléfono del despacho cuando llegó. Se pasó la mano por el pelo y se dijo que tenía que dejar de actuar como un idiota…

Y salió del despacho para dirigirse al escritorio de su secretaria.

–¿Ha llamado la señorita Hamilton?

–No, señor –contestó ella con educación.

Pero Lucas distinguió la curiosidad en sus ojos. El teléfono de la secretaria sonó mientras él estaba ahí.

–Oficina de Lucas Vieira –dijo antes de tapar el auricular y dirigirse a Lucas–. Es un agente inmobiliario, señor.

Lucas asintió, entró otra vez en su despacho y atendió la llamada. Casi se le olvidaba que le había pedido a aquel tipo que le buscara un apartamento a Caroline.

El agente inmobiliario tenía buenas noticias. Había encontrado el sitio perfecto. En Park Avenue. Un edificio con portero, por supuesto. Servicio de conserjería. A un paseo del ático de Lucas en la Quinta Avenida. Tres habitaciones grandes. Chimenea. Terraza. El portero tenía las llaves, por si Lucas quería echarle un vistazo.

Lucas giró la silla y se masajeó la frente con la yema de los dedos.

–Sí –dijo–. Suena bien. Pero…

¿Pero qué?

Pero no quería pensar en que Caroline viviera lejos de él. No quería imaginarse despertando por la mañana sin ella en brazos, ni irse a dormir por las noches sin sentir su cabeza apoyada en el hombro.

Le dijo al agente inmobiliario que él lo llamaría.

Se dijo a sí mismo que necesitaba pensar.

Caroline no se quedaría con él indefinidamente. Por supuesto, no podía ser. Nunca antes había vivido con ninguna mujer. Sus amantes siempre tenían su propia casa; había pagado el alquiler de más de una. Y nunca se la había ocurrido hacer las cosas de otra manera. Pero ahora la posibilidad de vivir con Caroline no sólo le parecía posible, sino también interesante.

Emocionante incluso.

Agarró el teléfono y volvió a llamar a su casa.

—¿Diga? —contestó Caroline sin aliento.

—Cariño —Lucas exhaló un suspiro de alivio—. Estaba preocupado por ti.

Caroline sonrió. Era maravilloso escuchar aquellas palabras de boca de su amante. Le hacían sentirse querida.

—¿Por qué ibas a preocuparte? Estoy muy bien.

—Lo sé. Estaba siendo… demasiado cauteloso, supongo.

Quería preguntarle si había ido a su apartamento, pero decidió que sería mejor no hacerlo. No tenía derecho a controlarla.

—¿Has tenido un buen día?

Caroline miró el paquete que tenía en la mano. Dentro había un libro sobre estrellas y planetas. Habían utilizado el telescopio de Lucas una noche en la casa de la playa y habían discutido sobre qué grupo de estrellas formaba parte de la constelación de Casiopea y cuáles no.

La discusión había terminado como deberían terminar todas las discusiones, pensó ahora al recordar con cariño cómo Lucas la había estrechado entre sus brazos.

—Sólo hay una manera de resolver esto —había asegurado él con fingida indignación llevándosela a la cama.

El libro iba a ser una sorpresa.

Tenía muchas ganas de regalarle algo, un regalo de su parte que fuera bonito y tuviera algún significado. El libro no era un regalo caro, y menos para un hombre como él, pero Caroline había aprendido que a Lucas no le importaría cuánto había pagado por él. Le encantaría porque le encantaba mirar a las estrellas.

Y tal vez le gustara todavía más porque se lo había regalado ella.

No era tan tonta como para pensar que se había enamorado de ella, pero sí sentía algo, de eso estaba segura. Incluso había dejado de mirarla como hacía al principio, con una expresión que no podía descifrar, pero que la asustaba. Era como si la desaprobara, como si la estuviera juzgando, y cuando eso sucedía sentía la tentación de preguntarle en qué estaba pensando. Pero aquella mirada había desaparecido, y no quería hacer ninguna pregunta que pudiera provocar que regresara.

–Cariño, ¿sigues ahí?

–Sí –contestó Caroline–. Aquí estoy.

–Sé que te dije que llegaría a casa a la hora de cenar, pero…

–No pasa nada –dijo ella, aunque no era cierto. Le echaba muchísimo de menos–. Lo comprendo.

–Bien –pero no estaba bien. Hubiera querido que le dijera que estaba tristísima por la noticia–. Seguramente llegue muy tarde, así que si estás cansada no me esperes despierta, ¿*sim*?

–*Sim* –respondió Caroline con dulzura.

Pero cuando llegó a casa justo después de medianoche, ella le estaba esperando en el salón con Oliver en el regazo. Pero en cuanto le vio salir del ascensor dejó el gato a un lado y corrió directamente a sus brazos.

–Te he echado de menos –dijo.

Y mientras Lucas la estrechaba contra su corazón, supo que no iba a firmar el alquiler de aquel apartamento para ella.

No estaba preparado para dejarla marchar.

Y en el fondo de su mente se preguntó si alguna vez lo estaría.

Se despertó a las seis de la mañana del día siguiente, se duchó, se vistió, depositó un beso suave en el pelo de Caroline mientras ella seguía dormida y se dirigió a la cocina por una taza de café.

Le había dicho a su equipo que estuviera preparado para trabajar el fin de semana. Lo habían entendido. El acuerdo era importante. Lo que no podían imaginar era que Lucas quería terminar con aquello para poder tomarse dos semanas de vacaciones. No había estado en su isla del Caribe desde que la compró. Quería ir allí con Caroline. A ella le encantaría. La intimidad, el mar…

–Buenos días.

Se giró y la vio en el umbral de la puerta, bostezando, con el cabello en los ojos, descalza y con una de sus camisetas. Y Lucas pensó: «De ninguna manera voy a ir a trabajar hoy».

Se lo dijo a ella mientras servía el café para los dos y se sentaba a su lado en la blanca encimera de piedra. Caroline sacudió la cabeza.

–Por supuesto que vas a ir –aseguró.

–Eh –protestó Lucas con una falsa sonrisa de indignación–. Yo soy el jefe, ¿recuerdas?

–Exacto. Tú eres el jefe. La gente depende de ti –Caroline batió las pestañas y se inclinó hacia él–. Debí haber imaginado que mi imagen a estas horas de la mañana sería demasiado para ti.

Caroline se rió, pero él no. Realmente la encontraba deliciosa con el pelo revuelto, sin maquillaje y con una pequeña arruga en la mejilla por haber dormido con la cara apoyada en su hombro.

«Te amo», pensó. Y aquella certeza le atravesó con la fuerza desatada de una marea.

–Caroline –dijo–. Caroline...

No. Aquél no era el momento. Esperaría hasta la noche, cuando no tuviera que salir corriendo por la puerta. La llevaría a algún lugar tranquilo y romántico. Velas, música, toda la parafernalia romántica que siempre le había parecido ridícula, y pondría su corazón en sus manos.

Era una perspectiva aterradora, pero Caroline sentía algo por él. Estaba seguro. Lo amaba. Diablos, tenía que amarlo...

–¿Lucas? –ella le puso la mano sobre la suya–. ¿Qué ocurre?

–Nada. Yo... es que... nunca me diste tu número de móvil, ¿sabes? –dijo sacando su teléfono del bolsillo y pasándoselo.

Caroline marcó los números y luego se lo devolvió.

–No te preocupes si no me localizas –aseguró–. Voy a buscar trabajo. Y apartamento. Bueno, no pretendo conseguir las dos cosas hoy, pero...

–No necesitas hacer ninguna de las dos.

A Caroline le dio un vuelco al corazón. ¿Qué quería decir? ¿En qué estaba pensado? Todo era posible, pensó.

Incluso un milagro.

–Tienes un lugar donde vivir –dijo Lucas con un gruñido–. Y si necesitas dinero... –sacó la cartera y agarró un puñado de billetes.

Adiós a los milagros.

–No lo hagas –le pidió ella con repentina frialdad–. No hagas eso.

–Pero si necesitas dinero…

–Sé cómo ganarlo.

Lucas la miró. La barbilla alzada. La desafiante línea de la boca. El brillo decidido de sus ojos avellana.

Y por un espantoso instante, se preguntó, «¿cómo?»

Y se odió a sí mismo por ello.

Se había equivocado respecto a ella desde el primer momento. Caroline nunca había aceptado dinero a cambio de sexo. Era increíble en la cama, pero sólo porque había algo especial entre ellos. Poseía una pasión innata; él sólo había sido el hombre afortunado que supo encontrar esa pasión en ella y liberarla.

¿Por qué se le cruzaba ahora por la mente un pensamiento tan feo?

–Casi se me olvida –dijo tratando de frivolizar el momento–. La reina de la cuchara grasienta.

Caroline no se movió. No cambió la expresión de su rostro. Hasta que finalmente asintió.

–Ésa soy yo –dijo.

Pero Lucas percibió la tensión en su voz. Quería decirle que no necesitaba ni trabajo ni un lugar donar vivir. Aquella noche le diría que quería que se quedara con él. Que estuviera con él. Que fuera…

La cabeza le daba vueltas. Tenía muchas cosas en las que pensar. El acuerdo con el francés. Y ahora esto.

Aquella noche habría tiempo para hablar. Para aclarar las cosas. Por el momento murmuró su nombre y la estrechó entre sus brazos. Tras unos instantes Caroline dejó de estar tensa y se apoyó contra él con un suspiro.

–Cariño, yo sólo quiero que seas feliz.

–Soy feliz –aseguró ella en voz baja.

Le acompañó al ascensor. Le levantó la cara y la

besó. Pero cuando el ascensor lo apartó de ella, Caroline se abrazó a sí misma para contener un repentino escalofrío.

«Yo no soy mi madre», pensó con firmeza. Y Lucas no era como los hombres que habían utilizado a su madre. Pero seguía reteniendo aquella imagen horrible de Lucas sacando el dinero de la cartera. Y sin saber por qué, volvió a pensar en el modo en que la miraba de vez en cuando al principio de su relación.

Estuvo a punto de apretar el botón del ascensor e ir tras él, pero no estaba vestida. Además, sería una tontería.

Algo suave se le apretó contra el tobillo. Era Oliver.

–Una tontería –dijo Caroline tomando al gato en brazos.

Era el típico día de junio en Nueva York. Fresco por la mañana, cálido por la tarde y caluroso para cuando Caroline había recorrido varios restaurantes y cafeterías.

Sin ningún éxito.

Nadie necesitaba una camarera.

A aquellas alturas del año, la posibilidad de conseguir un trabajo como traductora era casi nula. Pero se pasó por el campus de todas maneras por si había suerte. No la hubo, al menos con las traducciones, aunque sí con cierto trabajo de investigación sobre Pushkin. Pero el profesor encargado no vendría hasta el día siguiente.

Su teléfono móvil sonó un par de veces. Era Lucas, que dijo que sólo quería escuchar su voz. Y eso la ayudó a sentirse mucho mejor.

Pero regresó a casa de Lucas sudorosa y cansada. El portero la saludó por su nombre, y el conserje también. Le gustaba saber que la conocían.

Pero no podía ni debía acostumbrarse a ello.

Oliver la saludó con su maullido habitual. Caroline se dirigió a la cocina, agarró un vaso, lo llenó de agua… y sonó su teléfono móvil.

No era Lucas. Era Dani Sinclair. Sorprendida, Caroline respondió a la llamada.

Dani fue directamente al grano.

–Tengo un trabajo de traducción que no puedo hacer –dijo con brusquedad–. Mañana, a las cuatro de la tarde en el hotel Roosvelt. No te llevará más de un par de horas. ¿Te interesa?

Caroline se sentó en la encimera.

–No haré nada como lo de la última vez, Dani. No fingiré ser alguien que no soy.

Dani se rió.

–Relájate, querida. Éste es un trabajo muy claro. Un pez gordo ruso tiene una suite allí y se va a reunir con un tipo del Ayuntamiento. El representante del alcalde llevará su propio traductor. El ruso quiere tener también el suyo. Me ha llamado porque he trabajado para él con anterioridad, pero tengo otro compromiso. ¿Qué me dices?

A pesar de las garantías de Dani, Caroline vaciló. La noche que había pasado fingiendo ser otra mujer le había provocado sentimientos encontrados. La había llevado a conocer a Lucas y eso era maravilloso, pero había sido una velada extraña.

–Escucha, no me digas que no necesitas el trabajo. No hay muchas opciones en el mercado. Ya sabes cómo son las cosas en la universidad durante el verano.

–Tienes razón –reconoció Caroline. Oliver maulló y se le subió al regazo–. Pero puede que mañana me salga algo con Ethan Brustein.

–Qué horror.

Caroline se rió. El profesor Brustein no era muy querido. Tenía muy mal genio.

—Lo sé, Brustein no es mi idea de la diversión, pero sólo me necesitaría una hora o dos.

—El trabajo del hotel es de tres horas mínimos, podrían ser cuatro.

—¿Cuatro horas? —repitió Caroline—. ¿Y sólo tendré que tratar con ese hombre?

—¿No te lo acabo de decir? —dijo Dani impaciente.

—Bueno… de acuerdo. Dame su nombre y el número de la suite. Ah, y dime cuánto va a pagarme y…

—¡Miau!

Oliver saltó al suelo y se puso a bufar con el lomo arqueado y el pelo erizado. Caroline se dio la vuelta y vio a Lucas en el umbral.

Todo su cansancio desapareció. Se puso de pie y sus labios se curvaron en una sonrisa.

—Lucas, qué agradable sorpre…

Se detuvo a media frase. Lucas tenía el rostro sombrío. Con expresión seria. Sus ojos verdes eran del color del mar en invierno.

A Caroline le dio un vuelco al corazón.

—Dani, tengo que irme —dijo por el teléfono.

—No, espera. No te he dado el nombre del tipo, y…

—Te llamaré más tarde —la atajó Caroline colgando el teléfono—. ¿Qué ocurre, Lucas?

Los labios de Lucas se curvaron en una aterradora sonrisa falsa.

—¿Por qué tendría que ocurrir algo?

—No lo sé, por eso te lo pregunto —murmuró mirándolo.

Allí estaba otra vez aquella expresión fría y acusadora. No. Ésta era peor todavía. Tenía la postura rígida y los puños apretados.

–Cariño, por favor, ¿qué ha pasado?

Lucas sintió que se ahogaba en rabia.

Era la primera vez que Caroline utilizaba un apelativo cariñoso para dirigirse a él en lugar de su nombre. Debería haberle llenado de felicidad. Pero sólo sirvió para aumentar su furia. ¿Cómo podía llamarlo «cariño» después de lo que acababa de oír? Aquella charla de negocios con Dani Sinclair. La vuelta al trabajo de Caroline…

Sintió la bilis en la garganta.

Ahora estaba delante de él mirándolo con los ojos muy abiertos. Llevaba puestas unas sandalias, una camiseta de algodón rosa y una falda blanca de algodón. Todavía llevaba el bolso colgando del hombro.

Estaba claro que acababa de volver a casa. Así se lo había dicho el portero, y Lucas había subido al ascensor con una combinación de felicidad y de terror respecto a lo que estaba a punto de decir. Entró, escuchó su voz, fue a buscarla y la encontró allí, tan guapa, dulce e inocente…

Tal vez aquél fuera su fuerte. Su aspecto de niña inocente. Aquella supuesta ingenuidad. Con él había funcionado.

Pero no volvería a funcionar jamás.

–¿Lucas?

Caroline le puso la mano en el brazo. Él se la sacudió.

–Ya te he dicho que no pasa nada. Todo está bien. He regresado un poco antes, eso es todo.

Caroline se le quedó mirando. Por supuesto que algo iba mal. Muy mal, y fuera lo que fuera, tenía que ver con ella. Tragó saliva y se humedeció los labios con la punta de la lengua.

–Me… me alegro que lo hicieras.

Más palabras para atormentarlo. Lucas pensó en cómo había perdido de pronto todo el interés en el contrato que el francés y él habían estado discutiendo, cómo se había puesto de pronto de pie mientras tomaban una copa.

El banquero se había mostrado tan sorprendido como el propio Lucas. Y entonces, tal vez porque era francés y se suponía que los franceses eran expertos en asuntos del corazón, o tal vez porque Lucas no podía dejar de hacer lo que sabía que tenía que hacer, le dijo que había una mujer, que lo sentía pero que tenía que irse.

El banquero había sonreído, se había levantado de la silla y le había tendido la mano.

—¿Cómo dicen ustedes los americanos? ¡A por ella, muchacho!

Lucas se había reído, había corrido hacia la puerta, había parado un taxi y le había dicho al conductor que le daría una propina extra de cincuenta dólares si le llevaba a su casa en un tiempo récord.

—Lucas, por favor. Habla conmigo. ¿En qué estás pensando? ¿Por qué me miras así?

Él apretó las mandíbulas.

«Tranquilo», se dijo. «Tranquilízate y piensa».

Pero no podía.

Sentía como si estuviera muriendo y la única manera de evitarlo fuera seguir adelante y hacer lo que tenía que haber hecho desde el principio.

Sacar a Caroline Hamilton de su vida.

O meterla en ella, pero de la única manera que ambos entendían.

Le pidió que lo siguiera.

Caroline obedeció, y siguió su paso firme hacia el ascensor. Al vestíbulo. A la calle.

Tuvo que trotar para ir tras él.

–¿Dónde vamos? –preguntó.

Pero Lucas no respondió, y finalmente ella se rindió y se concentró en no perderle de vista mientras cruzaban Madison Avenue y se dirigían por Park Avenue a un edificio alto de apartamentos. Cruzó unas palabras con el portero y luego una llave cambió de manos.

–¿Quiere que alguien suba con usted, señor? –preguntó el portero.

Lucas no se molestó en responder. Puso la mano en la espalda baja de Caroline y casi la empujó al vestíbulo y luego al ascensor.

Caroline sentía como si el corazón se le fuera a salir del pecho.

–Lucas –dijo con voz trémula–. Lucas, ¿de qué va todo esto?

No obtuvo respuesta.

El ascensor se detuvo. Las puertas se abrieron. Lucas salió. Caroline se dijo que debería plantarse. ¿Por qué tenía que seguirlo si no le decía dónde iban? ¿Y por qué no le hablaba? Pero la curiosidad y la ira se apoderaron de ella y le siguió por el pasillo. Pasaron por delante de dos puertas. De tres. Entonces Lucas se detuvo. Vio cómo aspiraba con fuerza el aire y luego metía la llave en la cerradura. La puerta se abrió a un recibidor que daba a un bonito salón. Caroline vio una terraza. Una chimenea. Una vista de Park Avenue.

Los ojos de Lucas se mostraban fríos e inexpresivos mientras la urgía a entrar y cerraba tras de ella. Caroline se giró y lo miró. Sentía el pulso latiéndole en los oídos.

–¿Qué es este lugar?

–Es tu nuevo hogar, cariño. Tres habitaciones y una vista preciosa.

–No… no comprendo…

–Puedes escoger tú misma los muebles. O llamar a algún decorador.

–No lo entiendo –repitió ella, pero con una voz tan baja y tan patética que ni ella misma reconoció, porque por supuesto, de pronto lo entendía todo.

–Ya te he encargado algo de ropa. Te la traerán cuando…

–No quiero nada de esto. ¿Qué te hizo pensar que sí?

–El apartamento está a mi nombre. Puedes también cargar los muebles a mi cuenta.

–¡Lucas! –Caroline se puso delante de él y observó su rostro de piedra. Temblaba y sentía las piernas débiles–. No hagas esto. Te lo suplico. No…

–Además, te ingresaré cuarenta mil dólares mensuales en el banco que me digas…

Caroline se llevó la mano a la boca. La cabeza le daba vueltas. Se iba a desmayar. O iba a vomitar.

–¿No es suficiente? Cincuenta mil, entonces –Lucas le puso la llave sobre su mano inerte–. Sólo hay una condición.

Caroline contuvo el aliento cuando le agarró las muñecas y posó la boca sobre las suyas con dureza.

–Me perteneces –gruñó–. Hasta que yo quiera. A nadie más. A ningún otro hombre. No habrá acuerdos con Dani Sinclair ni con ningún otro intermediario –apretó los labios–. No quiero que huelas a nadie más ni que tengas el sabor de otra persona. Sólo yo, ¿entendido? Sólo yo hasta que me canse de…

Caroline se apartó. Las lágrimas le resbalaban por las mejillas.

–Te odio –dijo–. Te odio. Te odio, te odio, te…

Un grito de dolor le atravesó la garganta. Se dirigió hacia la puerta. La abrió. Lucas extendió la mano hacia ella y luego la dejó caer.

El ascensor se la tragó. Lucas se quedó solo.

Nada nuevo. Siempre había estado solo.

Pero nunca tanto como en aquel terrible momento.

Capítulo 12

EL atardecer había dado paso por fin a una noche oscura y triste.

Una noche impenetrable y negra.

Sin luna. Sin estrellas. Sin nada que no fuera el lamento del viento que atravesaba el asfalto de Manhattan anunciando tormenta.

Lucas estaba sentado en su salón con un vaso de whisky en la mano. La habitación estaba oscura. Ni siquiera el brillo de las farolas de Central Park podía atravesar las nubes.

En cualquier momento encendería las luces, se dirigiría a la cocina y se calentaría algo para cenar. Pero todavía no tenía hambre. Ni tampoco estaba de humor para luces. El aullido del viento, la tormenta que se avecinaba, la oscuridad, eso sí casaba con su estado de ánimo.

Era duro aceptar que le hubieran engañado una cara bonita y una voz dulce. Y maldita fuera, le había sucedido dos veces en dos semanas. Primero Elin y ahora Caroline.

Lucas se llevó el vaso a los labios y dio un largo trago.

No.

Aquélla era una noche para la sinceridad. Lo que había sucedido con Elin no fue más que una pequeña molestia. Lo que había pasado con Caroline era...

Era distinto.

Durante un momento había pensado que ella era… que podría haber sido… que entre ellos había algo más que sexo.

Soltó una carcajada amarga.

Y sí lo había habido. Caroline le había pescado como a una trucha.

–Estúpido –gruñó–. Maldito estúpido.

¿Cómo había dejado que sucediera? A él, que había crecido sabiendo cómo era el mundo. Nada de ositos de peluche ni de cuentos de hadas. El mundo quitaba, nunca daba.

En cuanto a las mujeres… otra lección que había aprendido en la infancia. En las rodillas de su madre, se podía decir. Las mujeres mentían. Engañaban. Decían que te querían y luego…

–Diablos –dijo dando otro sorbo a su whisky.

No tenía sentido ir por ahí. Caroline nunca le había dicho que lo amaba. Y él, gracias a Dios, tampoco se lo había dicho a ella.

Y menos mal. Había jugueteado con la idea, eso era todo.

Resultaba increíble lo que unos cuantos días y noches de buen sexo podían hacer con la mente de un hombre. Y las mujeres como Caroline convertían el sexo en arte.

No podía ni siquiera culparla. Después de todo, él sabía desde el principio quién era. Había querido convencerse de que estaba equivocado. Los suspiros. Los susurros. El modo tan increíblemente inocente y excitante con el que lo tocaba, cómo exploraba su cuerpo como si el sexo y los hombres, como si todo lo que había hecho entre sus brazos fuera nuevo…

Pero la inocente no era Caroline, sino él. Más que eso, había sido un estúpido.

Lucas apuró el whisky, se puso de pie y se dirigió al mueble bar. Se sirvió otra generosa dosis y se la bebió.

Ahora estaba agravando su estupidez sintiendo lástima de sí mismo. Bien, pues no pensaba seguir por ahí. No servía para nada. Tenía que dejar atrás la ira y mirar con perspectiva lo que había sucedido. Y si eso significaba apartar de su mente el recuerdo de Caroline y el sabor de sus labios, que así fuera. Cuando un hombre vivía con una mujer, los recuerdos de ella permanecían. Aunque él no había vivido con Caroline. Una semana no contaba.

Pero había estado a punto de pedirle exactamente eso, que viviera con él. Que se quedara a su lado. Que fuera… su amante. Sólo su amante, nunca había querido que fuera nada más…

Bebió otro trago largo de whisky. Tal vez así conseguiría derretir el nudo de hielo que se le había alojado en el corazón.

Si hubiera llegado a casa cinco minutos antes. O cinco minutos después. O si no hubiera salido del ascensor tan en silencio, nunca habría escuchado aquella conversación.

Pero había querido sorprenderla con una declaración de… ¿de qué? No, de amor no. Lo más que hubiera hecho sería pedirle que se quedara a vivir con él porque… porque…

Lucas se estremeció.

¿Por qué diablos había concertado aquella cita a través de Dani Sinclair? ¿Por dinero? Él había tratado de darle un poco por la mañana y no se lo había aceptado. Y aquella vez en Southampton, cuando se la llevó de compras… Le habría comprado la tienda entera, pero ella se negó a aceptar nada que no fuera absolutamente necesario.

Aquello no tenía sentido.

A menos que estuviera buscando el premio gordo. Esperando a que le pidiera en matrimonio.

No. Tendría que haber imaginado que él nunca haría algo así.

Que fuera su amante entonces. El problema estaba en que se lo había pedido en el apartamento de Park Avenue. No lo había hecho de manera romántica, pero le había ofrecido sin duda todo lo que una mujer como ella podía desear. Un apartamento caro. Tarjetas de crédito. Un sueldo mensual. ¿No bastaba para sustituir los corazones y las flores?

Al parecer no. Lo que sólo dejaba otra posibilidad. Lo que buscaba en el trato que estaba cerrando con Dani Sinclair era sexo.

Sexo con otra persona. Con otro hombre que no era él.

Una cara nueva. Un cuerpo nuevo. Otras manos sobre su cuerpo. La boca de otro. Tal vez sexo más duro. Pero maldición, si quería sexo duro...

El líquido ámbar oscureció la superficie marfil y trozos de cristal cayeron al suelo.

¿A quién le importaba?

Al gato. Podía cortarse. A él le daba igual el animal, pero ahora era responsabilidad suya. Al menos por el momento. Al día siguiente llamaría a la Protectora de Animales.

Apretó los labios mientras se dirigía al armario escobero. Caroline había abandonado al gato del mismo modo que le había abandonado a él.

Tras recoger los pedazos y limpiar la pared, Lucas consultó su reloj. Al día siguiente era domingo, pero tenía previstas reuniones durante todo el día. Con su equipo a las ocho. Con sus abogados a las nueve, y con los contables a las diez. Y finalmente, con el banquero francés al mediodía. Necesitaba estar ojo avizor. Alerta. Olvidar toda aquella tontería. Y así sería. Por supuesto que sí.

Un último vaso de whisky antes de irse a la cama...

Los relámpagos atravesaron el cielo, los truenos retumbaron. La tormenta estaba finalmente allí. «Bien», pensó sentándose en la esquina del sofá del salón. Las tormentas, sobre todo las de verano, siempre dejaban la ciudad fresca y limpia.

Así se sentiría él por la mañana. Como si estuviera empezando de nuevo. Los relámpagos volvieron a iluminar la estancia. El trueno se escuchó con la suficiente fuerza como para hacer temblar el whisky de su vaso.

Algo le rozó el tobillo y Lucas levantó la cabeza.

–Miau.

Era el gato. Aquel gato feo y grande que Caroline había asegurado querer.

Lucas miró a la criatura y se dio cuenta de que estaba temblando.

–No me digas que a un tipo duro como tú le asustan las tormentas –murmuró subiéndoselo al regazo.

Oliver se apoyó contra su pecho y soltó un maullido dulce que no casaba con aquel gato infernal.

Lucas apretó las mandíbulas.

–*Sim* –dijo con un gruñido–. Ya lo sé. Se ha ido. Y la echas de menos. Y yo también –reconoció.

Oliver volvió a maullar, alzó la cabeza y la frotó contra la mandíbula de Lucas.

Él cerró los ojos, sintió la humedad en las mejillas y saboreó la sal en los labios.

¿Los gatos lloraban?

Debía ser así, porque esas lágrimas no podían ser suyas.

Caroline había pasado las últimas horas llena de rabia. Sabía que tenía la furia escrita en la cara.

Seguramente parecía una vagabunda trastornada. La gente se apartaba de ella en el metro y en el camino a su apartamento. Cuando llegó, abrió la puerta, dejó las llaves, dejó el bolso en el destartalado sofá y comenzó a recorrer arriba y abajo el minúsculo salón.

Aquella rata, aquel malvado de sangre fría, arrogante, egoísta...

–¿Cómo has podido? –dijo–. Maldito seas, Lucas Vieira, ¿cómo has podido?

Aquello tan horrible que le había dicho. Sobre ella. Sobre no querer oler a otros hombres en ella, la brutal implicación de que ella... de que ella... que era una mujer que...

–Malnacido –le espetó dándole una patada al sofá al pasar a su lado.

Y aquella expresión en su rostro. Aquella expresión que había visto con anterioridad. La que no había entendido nunca. Y ahora sí. Siempre la había considerado como... como una prostituta. Porque cuando un hombre le decía cosas así a una mujer, era porque consideraba que...

Se le subió un sollozo a la garganta. Pero no lloraría. Lucas no merecía sus lágrimas.

Era un hombre frío. Malvado. Enfermo. ¿Cómo explicar si no que después de todo lo que le había dicho le dijera que quería convertirla en su amante? Quería que viviera en un lugar pagado por él, que llevara la ropa que le comprara, que se gastara el dinero que él ingresaría en una cuenta bancaria para poder tenerla cerca y utilizarla cuando le apeteciera.

Esta vez no pudo evitar que un sollozo le subiera a los labios.

—Ya basta —dijo con firmeza.

¿Por qué iba a llorar? Estaba furiosa, no triste. Estaba mejor sin él. Mil veces mejor. No podía comprender cómo un hombre que parecía tan tierno y cariñoso podía transformarse en un monstruo delante de sus ojos.

Caroline se dejó caer en el sofá y se abrazó a un cojín.

—Te odio, Lucas.

Le temblaba la voz, pero era de rabia. Eso era lo que sentía, se dijo. ¿Qué otra cosa podría llegar a sentir nunca por él?

Lo peor de todo era que en el fondo de su corazón sabía que ella también tenía parte de culpa.

Se había acostado con él la noche que se conocieron. ¿Qué clase de mujer hacía algo así? Ya sabía que muchas, pero no alguien como ella.

Y un par de días más tarde se mudó a su casa. A su cama. Le dejó pagar por el techo bajo el que se cobijaba, por la comida. Había dejado que se la llevara de viaje aquel fin de semana que probablemente tenía planeado.

Pensaba que la estaba comprando. Que era una mujer a la que un hombre podía comprar...

Los años que había pasado condenando el comportamiento de su madre, considerándola una estúpida por confiar en los hombres, por entregar su corazón. Los años que había pasado diciéndose a sí misma que nunca sería tan estúpida.

Caroline tragó saliva.

Y allí estaba ella, de tal palo tal astilla, una estúpida que seguía los pasos de su madre.

Caroline se puso de pie. Ya era suficiente. No pensaba sucumbir a la autocompasión.

Qué calor hacía en aquel apartamento. La única ventana del salón era la de la salida de incendios, y ahora tenía una verja de hierro. Todavía podía abrir la ventana, pero la idea de hacerlo le daba repelús.

Agua. Echarse agua en la cara y en las muñecas para refrescarse. Un truco antiguo, pero a veces funcionaba.

Entró en el minúsculo baño, encendió la luz y se miró en el espejo que había sobre el lavabo. Una criatura despeinada y con el rostro rojo le devolvió la mirada.

–Qué triste –dijo Caroline–. Qué triste que pensara que a ese hombre le importabas. O que él te importaba a ti. Porque no es así. No es así…

Se le quebró la voz.

Abrió el agua fría y se mojó las acaloradas mejillas.

Lucas no significaba nada para ella, pero Oliver sí.

Al día siguiente era domingo, pero Lucas iría a trabajar. Se lo había dicho. En cuanto supiera que había salido, iría a buscar al gato.

Caroline agarró una toalla y se secó la cara y las manos.

Luego se dejó caer en el suelo, se llevó las rodillas al pecho y hundió el rostro en las manos.

Y lloró.

El domingo por la mañana amaneció gris, lluvioso y feo.

La señora Kennelly, que libraba los sábados y los lunes, llegó a su hora habitual. Lucas estaba esperando con impaciencia a que llegara su chófer.

–Buenos días, señor –le dijo ella.

Lucas gruñó una respuesta. La asistenta lo miró y alzó una ceja.

–¿Quiere que le sirva un poco de café?

Otro gruñido.

–Tal vez la señorita Hamilton quiera…

–La señorita Hamilton ya no vive aquí –la atajó Lucas con frialdad–. ¿Y dónde diablos está mi chófer?

Sonó el telefonillo. Su coche había llegado.

–Ya era hora –gruñó Lucas bajando al vestíbulo.

Una vez en la oficina, aguantó las reuniones que tenía.

Y también la comida con el francés.

–¿Salió todo bien con su dama ayer? –le preguntó el banquero por encima de la copa de vino.

Lucas apretó las mandíbulas.

–Sí.

Fue lo único que dijo, pero los hombres intercambiaron una mirada.

–A veces la vida no es como esperamos –aseguró el francés con voz pausada.

Lucas asintió, terminaron de comer, se estrecharon la mano y eso fue todo.

Llegó a casa a las siete, cansado y con dolor de cabeza, y trató de concentrarse en el acuerdo que había conseguido. El contrato con Rostov había sido importante. Este otro llevaría a Vieira Financial a un nivel único, algo que llevaba años tratando de conseguir.

Y entonces pensó: ¿y qué?

Había una nota de la señora Kennelly sobre la encimera de la cocina. Se había tenido que ir un poco antes, y confiaba en que no le importara.

Y el teléfono no funcionaba, al parecer se trataba de un problema provocado por la tormenta. La compañía había prometido que la línea volvería a funcionar en cuestión de horas.

Lucas se duchó. Se puso los vaqueros, una camiseta y mocasines. Se dirigió a las escaleras, pero cambió de dirección y entró en la suite de invitados.

Las cosas de Caroline seguían allí. Su olor estaba en el aire.

El ridículo helecho estaba en una mesa al lado de la ventana, pero ya no le parecía patético. Tenía las hojas verdes y saludables. Se estaba recuperando.

Eso era lo que se conseguía con cariño y cuidados. Se lograban maravillas.

Lucas torció el gesto, bajó las escaleras para ir a la cocina y comprobó que Oliver tenía comida y agua. Luego puso al gato en su cojín y se dirigió a su escritorio. Tenía que mantenerse ocupado. Eso era lo que siempre hacía, lo que había hecho durante toda su vida.

Escribiría algunas notas sobre una inversión a la que le había echado el ojo, y…

¿Qué era aquello?

Había un pequeño paquete en la esquina del escritorio, medio tapado por su calendario. Estaba envuelto con papel brillante y atado con un lazo.

Desconcertado, abrió el papel de regalo. Dentro había un pequeño libro. Una guía de las estrellas. Lucas sintió un nudo en la garganta.

Abrió muy despacio la primera página y vio la dedicatoria escrita con caligrafía delicada y femenina.

Para Lucas, en recuerdo de una noche plagada de estrellas.
Tu Caroline.

Lucas no se movió. No pestañeó. Se quedó mirando la página, lo que había escrito, cómo había firmado. «Tu Caroline».

¿Cuántas veces había pensado en ella en esos términos?

Como si fuera suya. Su Caroline. Su inocente y entregada Caroline.

Porque ella era todas aquellas cosas. Lo era.

–Dios –susurró–. Oh, Dios.

¿Qué había hecho?

Al diablo con lo que había oído en aquella conversación telefónica. Todo de lo que le había acusado ser era mentira. Su Caroline nunca se había vendido, nunca se había entregado a nada a nadie sino con sinceridad y honor. Lo sabía con la misma certeza que sabía que la tierra era redonda.

Lo que había escuchado de la conversación telefónica sin duda tenía una explicación muy simple.

¿Por qué no había preguntado? ¿Por qué había llegado a tan fea conclusión?

Porque era un cobarde. Porque le había dado terror poner su corazón en manos de Caroline. Porque le había dado miedo que se lo rompiera.

Porque había sido más seguro echarla de su vida.

La amaba.

La había amado desde aquella primera noche en la que la conoció con Leo e Ilana Rostov.

La había amado en cuanto la estrechó entre sus brazos, la besó y ella respondió con toda la pasión y la sinceridad de su corazón, como si hubieran estado esperándose el uno al otro toda su vida.

Así había sido para él. Había estado esperando a su Caroline. A un amor que era profundo y auténtico.

Un amor que él había rechazado.

Tenía que recuperarla, pero necesitaba un plan. Él nunca actuaba sin un plan.

Lucas se puso de pie. Agarró una chaqueta. Cinco segundos más tarde salió por la puerta.

Caroline estaba en la Quinta Avenida con Central Park a su espalda.

El edificio de Lucas quedaba justo al otro lado de la calle. Llovía y hacía algo de frío, pero había salido de su apartamento tan deprisa que no se había llevado un paraguas ni un impermeable.

¿Y ahora qué? Seguía pensando, pero no se le ocurría ninguna respuesta.

Había ido a buscar a Oliver tras pasarse un día tratando de localizar a la señora Kennelly sin éxito. Había llamado a primera hora de la mañana, pero no obtuvo respuesta. Ni tampoco saltaba el contestador.

Lo había intentado una y otra vez. Pero o no había nadie en casa o no querían contestar el teléfono, y eso suponía un problema para ella.

Lo último que deseaba era ir a casa de Lucas, subirse al ascensor y tener la mala suerte de encontrarle en el ático.

Así que siguió llamando. Sólo hizo una pausa al recibir una llamada de Dani, que quería saber si iba a hacer el trabajo de traducción o no.

–No –había dicho Caroline.

Y luego aspiró con fuerza el aire porque a aquellas alturas todo había cobrado ya sentido. La furia de Lucas cuando supo que había aceptado dinero de Dani. Y cuando escuchó aquella conversación telefónica.

Caroline tenía derecho a conocer algunas respuestas.

–Dani –le había preguntado–, ¿cómo puedes permitirme esa casa y esa ropa? ¿Cómo te ganas la vida?

Dani había soltado una carcajada.

–Eres un ratón de campo, Caroline. Pensé que nunca lo averiguarías. Me gano la vida justo como te imaginas –aseguró poniéndose muy seria–. Y no te atrevas a juzgarme.

No, pensó Caroline, no lo haría. ¿Quién era ella para juzgar a nadie después de lo sucedido los últimos días?

Aunque juzgar a Lucas era otra cosa. Pensar que pudiera creer que ella era como Dani, o que estaba con él por su dinero…

Pero daba lo mismo.

En aquel momento, su única preocupación era Oliver. Seguro que estaba aterrorizado y solo. Tenía que llevárselo de allí a toda costa.

«Tú no eres una cobarde», se había dicho con firmeza un par de horas atrás.

Pero ahora pensaba que se había equivocado. El hecho de estar allí bajo el frío de la calle en lugar de entrar a por su gato, lo demostraba.

El semáforo se puso en verde. Caroline aspiró con fuerza el aire y cruzó la calle. La puerta del vestíbulo se abrió.

–Señorita Hamilton –dijo el portero de noche–, ¿qué está haciendo en la calle en una noche como ésta?

Una repentina ráfaga de viento cerró de golpe la pesada puerta que el portero estaba sujetando. Caroline se precipitó hacia dentro. Tenía el pelo por la cara, lo que le oscurecía la visión, y se tropezó contra algo fuerte e inflexible.

Pero no era «algo». Era Lucas.

Lo supo al instante al sentir su tacto, su aroma, y el corazón empezó a latirle con fuerza. Se dio la vuelta dispuesta a salir corriendo, pero él la sujetó, pronunció su nombre y Caroline sollozó, se volvió hacia él. Lucas la levantó del suelo y la besó. Durante un instante ella se dejó y luego se apartó de él.

—No te atrevas a tocarme, Lucas Vieira —le dijo.

—Caroline, cariño...

—¿Cómo has podido creer algo así? ¿Cómo has podido pensar que yo soy... que yo podría...?

—Porque soy un idiota, por eso.

—Eres peor que eso —a Caroline se le rompió la voz—. Eres... eres un hombre espantoso, y yo...

—Caroline, te amo con todo mi corazón. Con toda mi alma. Te he amado desde el momento en que te vi.

—Pues lo siento, porque yo no siento nada por ti.

Lucas la atrajo hacia sí.

—Bésame —le pidió—, y dime que no sientes nada por mí.

—No. ¿Por qué iba a besarte?

La besó él.

—Te odio —murmuró Caroline contra su boca—. Te odio, Lucas. Te...

Lucas volvió a besarla y saboreó sus lágrimas mezcladas con las suyas.

—Te desprecio —susurró.

Él la besó por tercera vez y dijo que entendía que le despreciara, que tenía derecho a hacerlo, pero que eso no significaba que no lo amara también.

Caroline se rió. Seguía llorando, pero se rió a la vez. ¿Había existido alguna vez un hombre tan arrogante como Lucas?

—Te amo —repitió él—. Te adoro.

—Pero dijiste... pensabas que...

—No. Lo que pensaba es que eres dulce y buena, eres lo que siempre soñé —le besó con ternura los ojos húmedos por las lágrimas–. Tenía miedo de lo que me hace sentir. Creí que amarte era una debilidad. Si te entregaba mi corazón y tú lo rompías…

Caroline se rió en la oscuridad.

–El apartamento…

Lucas asintió.

–Lo quería para ti.

Ella se puso tensa y Lucas sacudió la cabeza.

–Espera. Escúchame. No es lo que parece –se aclaró la garganta–. Quería que tuvieras un lugar seguro para vivir. Eso fue cuando nos conocimos.

–Hace una semana –dijo Caroline riéndose entre lágrimas.

Lucas inclinó la cabeza y apoyó la frente contra la suya.

–Hace una vida –aseguró–. Pero luego pensé que no porque… porque se me ocurrió una idea mejor.

–¿Qué idea?

–Decidí que el mejor modo de que estuvieras segura era pidiéndote que te quedaras conmigo. Que vivieras conmigo.

Lucas contuvo el aliento. *Deus*, no se había sentido tan vulnerable desde el día que entró en su primera casa de acogida.

–Quería que fueras mi esposa.

A Caroline le dio un vuelco al corazón, pero le mantuvo la mirada.

–Eso es mucho hacer para mantener a una mujer a salvo.

Lucas sonrió.

–Sí –aseguró con voz pausada–. Pero es lo que hace un hombre cuando ama a una mujer. Le pide que se case con él –le colocó un mechón de pelo tras la oreja–. Estaba deseando llegar a casa –se detuvo un instante, aquélla era la peor parte–. Salí del ascensor y estabas hablando con Dani Sinclair sobre un trabajo.

–Me ofreció un trabajo como traductora. Pero tú creíste… –le tembló la voz–. ¿Cómo has podido pensar eso de mí?

–Lo que creía era que todo lo que siempre había pensado era cierto. Que el amor es efímero. Que la felicidad es breve. Que los hombres siempre pierden lo que más quieren.

Caroline aspiró con fuerza el aire.

–Tú no me has perdido –susurró.

Y Lucas la besó. Fue un beso largo y dulce, pero cuando terminó, supo que tenía que decirle más cosas.

–Quiero que sepas que no he llevado lo que puede calificarse como una vida ejemplar.

–Claro que sí. Eres un buen hombre –aseguró ella con firmeza.

–No he sido un buen niño. Te conté que era pobre. Pero no te dije que era un ladrón. Un carterista. Robaba dinero, ropa, comida, todo lo que podía. Me peleé con otros como un salvaje por unas migajas de comida. Hice lo que pude por sobrevivir. Y aprendí a no confiar en nadie –se detuvo un instante–. Esos instintos aparecen en ocasiones dentro de mí.

A Caroline se le llenaron los ojos de lágrimas.

–Me rompe el corazón pensar que hayas vivido así –susurró.

–No quiero tu compasión, Caroline.

–No lo entiendes. Al igual que tú, sé que el pasado puede afectar al presente –le buscó con la mirada–. Me prometí a mí misma que nunca sería como mi madre. Que nunca confiaría en los hombres.

–En mí puedes confiar. Te lo juro.

Lucas estrechó a Caroline contra su pecho.

–Te amo. Siempre te amaré. Lo único que te pido es que tú me ames a mí. Y a Oliver. Quiere que vuelvas –afirmó con solemnidad–. Y yo también. Cásate conmigo, cariño. Ámame para siempre como yo te amaré a ti.

No era una pregunta, era una afirmación. Caroline sonrió a través de las lágrimas. Su arrogante y maravilloso amante brasileño había vuelto.

–Te amo, Lucas –dijo en voz baja–. Te adoro. Y seré tu esposa para siempre.

Lucas la besó y entonces escucharon unos aplausos.

–Felicidades –dijeron el portero y el conserje.

Caroline se sonrojó. Lucas sonrió, alzó en brazos a su novia y se la llevó a casa.

Bianca™

Tenía que acatar las órdenes del jefe

Ria no pudo contener el estremecimiento por lo que la esperaba al otro lado de las imponentes puertas de Highbridge Manor. Había ido hasta allí para escapar de su pasado y empezar de cero. Sin embargo, cuando la recibió Jasper Trent, su arrebatadoramente guapo nuevo jefe, se dio cuenta de que se había metido en un terreno peligroso.

Ria era resuelta y orgullosa, pero no podía dejar de sonrojarse cuando Jasper estaba cerca. Siempre había sido una profesional intachable, pero, al parecer, el director de Highbridge Manor le tenía preparados otros planes para cuando terminaba la jornada.

Maestro de seducción
Susanne James

Maestro de seducción

Susanne James

Acepte 2 de nuestras mejores novelas de amor GRATIS

¡Y reciba un regalo sorpresa!

Lazos que unen

YVONNE LINDSAY

Alexander del Castillo estaba compro-
metido desde que era niño y no podría
casarse con una mujer de su propia
elección. Lo que Alexandre no sabía
era que, por suerte, su futura esposa,
Loren Dubois, cumplía de sobra con
los requisitos necesarios para ocupar
un lugar a su lado y en su cama.

*¿Le llegaría al corazón al poderoso Alexander
su bella prometida?*

Ella no estaba dispuesta a rendirse

Lucy Steadman no estaba dispuesta a dejarse intimidar por el poderoso italiano Lorenzo Zanelli. Tal vez él tuviera el futuro de la empresa familiar en sus manos, pero no pensaba someterse a sus demandas.

Como artista, Lucy sabía ver lo que ocultaba la belleza; Lorenzo podía ser increíblemente apuesto, pero su alma estaba ennegrecida por el deseo de venganza. Y dejarse llevar por un hombre así significaría perder la cabeza y el corazón para siempre.

Deseo y venganza

Jacqueline Baird

[8]